雨宮兄弟の骨董事件簿《アンティーク・ファイル》 2

高里椎奈

角川文庫
23734

contents

character

雨《あま》宮《みや》陽《はる》人《と》

24歳のディーラー。両親の留守を預かり、雨宮骨董店を切り盛りしている。お人好しで明るく、誰からも好かれる。

雨《あま》宮《みや》海《かい》星《せい》

陽人の弟。病弱で家から出られず、人嫌いな面も。ある不思議な力を持っている。

本《ほん》木《もく》匡《きょう》士《じ》

25歳の刑事。陽人とは旧知の仲で、なにかと兄弟の世話を焼いている。

第一話　ゴブレット

1

相対性理論が正しいとしたら、感情には質量がある事になる。

軽薄、気重、羽が生えたような心地、重過ぎる愛。言語表現にも軽重を表す語が用いられるが、ここで唱えたい理論は比喩《ひゆ》でなく、手に触れられる物体の話だ。

「…………」

陽人《はると》は磨き布の切れ端をピンセットで挟み、蒸留水に潜らせた。

アルベルト・アインシュタインの説を簡略化すると、重力は時間を歪《ゆが》めるという。地球と異なる重力の星では時間の流れ方が異なって、ブラックホールは過去に繋《つな》がるとも言われている。

では、我々の暮らす地球上ではどうだろうか。

誰しも何かに夢中になって時を忘れたり、退屈な授業を永遠に感じたりした経験があるはずだ。

つまり、喜びや不満といった感情に質量があり、観測者の時間を歪ませた事になる。

時計の秒針の音が聞こえない。

ルーペを覗《のぞ》いて、濡《ぬ》らした布を金属の表面に当てる。

黒い煤《すす》を拭《ふ》き取っては布を替えて数十回、漸《ようや》くあるべき凹凸が現れ始めた。

「シュタイフ社の銀ボタン。真正品の手がかり、ひとつ見付けた」

陽人はピンセットを置いて、作業台にクマのぬいぐるみを座らせた。

ぬいぐるみというと頭を大きく、手足を短くデフォルメして、愛らしいバランスを追求される事が多いが、シュタイフ社のテディベアは頭が小さめで手足は長く、背中に瘤《こぶ》を持った、動物のグリズリーに近い体型をしている。

耳から頭部に通る縫い目が特徴だが、立体構造上、真似されやすいのでこれだけで真《しん》贋《がん》を見分けるのは難しい。

贋作《フェイク》で不自然さが現れるのは何と言っても摩耗加工だろう。

人工的に摩耗させた毛並みは、鑢《やすり》を円形に動かしたようなすり減り方をしがちだ。また、可愛がられたぬいぐるみは頭や手の毛並みが薄くなるが、贋作は満遍なく、人が通常触らない目の周りまで加工されている事がある。

それから、匂いだ。

陽人はテディベアに鼻先を近付けた。

正しく年老いたぬいぐるみは、埃《ほこり》や人の匂いが染み付いている。

「いい香り」

陽人は目を閉じて、このテディベアが生きてきた過去に思いを馳《は》せた。僅《わず》かに香る煤の香りは、暖炉の傍で遊んだか、飾られていた為だろう。カポックは一九二〇年代に流行した詰め物で、陽人の主観になるが、一般的な綿より繊維の清涼さがある。

加えて、チリソースと鶏肉《とりにく》の匂い。

「何故？」

陽人は上体を起こし、テディベアと向かい合って首を傾げた。

「おい、陽人」

低音の深みある声が億劫《おっくう》そうに呼びかける。テディベアではなさそうだ。

陽人が凝り固まった首を巡らせると、いつもと変わらぬ店内に、馴染《なじ》みの顔が佇《たたず》んでいた。

「本木《ほんもく》先輩」

古い格《ごう》天井を背にぬらりとした長身でこちらを見下ろしているのは、商品を買った事がない常連、本木匡士《きょうじ》だった。

強靭《きょうじん》というには細身だが、競技用自転車を軽々と担ぐところは見た事があるから、密度の高い筋力と体力が備わっているのだろう。刑事には不可欠だ。

涼しげな顔立ちとは裏腹に、情に厚い性格が表情に親しみを与えている。旋毛《つむじ》の寝癖が気になるのか、匡士は厳《いか》つい手で黒髪を撫《な》で付けながら口の形を曲げた。

「何遍呼べば気付いてくれるんですかねえ、雨宮骨董店《あまみやこっとう》のお兄ちゃんは」

「お兄ちゃんだって」

弟に呼ばれるのとは異なる趣がある。

「照れるとこ独特かよ。皮肉だからな」

「先輩。皮肉なんて気の利いた事、出来たんだね」

「お前のそれは純粋な悪口だぞ」

「おや、失礼」

親しき仲にも礼儀あり。陽人は素直に謝って、テディベアに不織布を覆い被《かぶ》せた。

まだ感覚がふわふわする。

作業机を囲むコレクターケースは木枠を軸にしたガラス張りで、宝飾品やシルバーボックスなど小さな骨董品を陳列している。壁に飾られた絵画は売り物というより店員の趣味で選ばれる。但し、額縁は正真正銘の十九世紀製だ。

先月入手したチッペンデール様式の椅子で足を投げ出す磁器人形《ビスクドール》は、元々座っていたグスタヴィアン・チェアに戻りたいと思っているかもしれない。が、こちらにも事情がある。

アール・ヌーヴォーのブロンズ彫刻と脚の長い天球儀が寄り添う戸口に至るまで、店内に所狭しと並ぶ骨董品はどれも変わらずそこにあり、陽人と共に時を止めていたが、扉のガラス窓から街灯に明かりが点《とも》っているのが見えた。

「真っ暗だね。今、何時だろう」

「夜の七時半」

匡士が案の定という顔で答える。

鑑定作業に熱中して、陽人の時間は半日ほど飛んだらしい。

「察するに、先輩が持っているのは僕達の夕食かな」

「偶々《たまたま》だ」

「ありがとう。海星《かいせい》にも謝らないといけないね」

陽人は作業椅子から腰を上げ、ブランケットをたたんで背凭《せもた》れに掛けた。それから、閉店の札を下げに行こうとした時、扉が開く音がする。

しかし、ブロンズ彫刻の襞《ひだ》が美しく翻るのは風の気まぐれではない。百年以上前に作られた当時からこの形状だ。そもそも、店の入り口の扉は開いていない。

陽人はカーディガンの裾《すそ》を階段箪笥《だんす》に引っかけないよう習慣で注意して、匡士の更に向こう、コレクターケースの奥を振り返った。

奥の壁を埋める本棚に古今東西の古書が行儀よく背表紙を揃えている。骨董関連の専門書は常連客の希望で置いたものだ。

目を凝らせば四つの棚に分かれていると気付けるだろう。その右から二番目の本棚が、手前にゆっくりと押し開かれた。

匡士が気安く挨拶《あいさつ》をする。

本棚の陰から最初に姿を見せたのは使い古した毛布。続いて、小柄な少年が眠そうな顔を覗かせた。

「海星、おはよう」

陽人の挨拶に応《こた》えて、まだ寝言の様な言葉にならない声を返す。

長い前髪の下で寝ぼけ眼を瞬《しばたた》かせて、部屋着は寝返りの所為《せい》か、前衛的な皺《しわ》が寄っている。彼が軽く頭を振ると、黒髪がサラサラと解《ほど》けて光の輪を作った。

「おはよ。もくもくさん、ごはん何？」

「お前ら兄弟は揃いも揃って。差し入れじゃなくおれの夕飯かもしれないだろ」

「そういうのいいから」

徐々に覚醒《かくせい》する海星は、意識と同時に言葉と表情も研ぎ澄ませていく。

一回りも年下の彼に冷たく返されて、溜息《ためいき》ひとつで流せるのは流石の最年長だ。

「……タコスとブロッコリーのポタージュ」

些《いささ》か不服そうではあるが。

陽人は笑みを零《こぼ》して、再び足を外へ向けた。

「店を閉めてくる。二人で先に上がってて」

「あ、陽人」

「おう」

匡士が海星に紙袋を持たせて送り出し、自分は本棚の前に留《とど》まる。陽人が足を止めると、いつもは身軽な匡士の肩に、布の鞄《かばん》が掛かっているのが目に付いた。

「食い終わったら見て欲しい物がある」

「いいよ」

陽人は応えて店の外に出て『閉店』の札を扉のフックに引っかけた。

何を見るのだろうと思ったが、深くは考えなかった。

2

廊下と居間を隔てるガラス障子に、一足早い冬が舞う。磨《す》りガラスに雪の結晶を模した柄が散らされており、向こう側に立つ海星の毛布が雪山の様だ。

陽人がキッチンを回って居間を覗くと、テーブルに三人分のランチョンマットが敷かれて、それぞれにフードパックと水の注がれたグラスが配られる。

「お疲れ」

「ただいま」

陽人は匡士に応えてキーボックスに店の鍵《かぎ》を仕舞った。

「海星、遅くなってごめんね」

「寝てたから」

海星が毛布を引きずってソファに座る。テーブルを囲んで、手を合わせたのは相談したみたいに殆《ほとん》ど同時だった。

「いただきます」

巨大なジュエリーケースの様な形のフードパックを開けると、指輪ではなく山盛りの野菜が詰め込まれている。陽人はフォークを箱の底まで潜らせて、三角形のタコスを掘り出した。まだ湿気《しけ》らずパリパリしている。

「シーザードレッシングのタコスは初めてだ。とうもろこしの風味と合うね」

「署の駐車場にキッチンカーを誘致してる。行政の地域支援らしい」

大口を開けている訳でもないのに、匡士のタコスは話しながらも見る見る減って、もうミニトマトとパプリカの欠片《かけら》しか残っていない。

それを見て、まだ半分も手を付けていない海星が、ソファから足を下ろしてテーブルにフードパックを置いた。

「お茶淹《い》れる」

「だったら、おれが――」

匡士が腰を浮かせたので、陽人は彼のシャツの袖《そで》を摘《つま》んで引き留めた。互いに遠慮するような間柄でもない。早く食べ終わった匡士が立つのは理に適《かな》っているが、物事の真理より弟の自立心を尊重したいのが兄心である。

「最近、ハマってるんだ。ハック料理」

「何だそれ」

「工夫と文明の力で作る簡単レシピかな。科学実験みたいで面白いんだって」

キッチンでは海星が茶葉を物色している。どの缶に何が入っているのか、まだ覚えていないのだろう。

「危なっかしいな」

匡士が歯痒《はがゆ》そうにする。

「耐えて見守るのが大人の務め」

陽人が穏やかに宥《なだ》めると、匡士は全体重をソファに落とす。頬杖《ほおづえ》を突いた人差し指で耳元を打って、手持ち無沙汰《ぶさた》が傍目《はため》にも丸分かりだ。

陽人は野菜の欠片をフォークで集めた。

「ところで、先輩が見せたいものって何？」

「ああ。飯が済んだら」

「最後の一口」

陽人はフォークを口に運んで、フードパックを空にして見せた。

キッチンの海星が、茶葉と牛乳をテーブルに並べている。

匡士が懐からスマートフォンを取り出した。

「率直な感想を聞かせてくれ」

骨ばった中指が画面に滑らされ、一枚の写真が全面に表示された。

「ゴブレット」

陽人は目を輝かせた。

写真には、脚付きグラスが写っている。液体を注ぐボウル、設置面に円を広げるフット、二者間を繋《つな》ぐ柱となるステムの三パーツから成り立つガラス製の杯だ。

「ワイングラスとは違うのか？」

「スパゲッティとタリアテッレくらいの差だけど」

「全く分からん」

匡士が三白眼を無感動に据わらせる。陽人は画面に触れぬよう、指先でグラスの上部に輪を描いた。

「一般的にはワイングラスの方が容量が少ない。でも、メーカー基準やデザインによって逆になる事もあるから、併せて見る部分は脚」

「ワイングラスの方が細い！」

「そういう傾向はあるけれど、正確には長さかな」

陽人がやんわり正すと、匡士が真剣な眼差《まなざ》しを返してくる。根が真面目だ。

「ワインは温度管理が重要でしょう？　だから、体温が伝わり難《にく》いように脚が長く作られている。この写真のグラスは、ボウル部分は小さいけれど、脚がボウルの高さより短いからゴブレットだね」

「古いのか？」

「本物なら多分、とても。前に見たイングランド製のゴブレットに形状がよく似ている。先輩はガラス税って聞いた事ある？」

「ない」

明確な返答は理解度を探る必要がないので話しやすい。陽人は微笑みを浮かべたまま、キッチンの海星を視界に入れた。

海星がガラスのティーポットに茶葉とお湯を注ぎ、牛乳を足す。

「十八世紀後半、イングランドではガラス製品に物品税が課された対策で、職人は課税額を減らす為にゴブレットの脚を細くしたり、装飾のカットを施したりする事で重量を軽くした」

「生活必需品の課税はしんどいな」

「窓税とか、間口税とかね」

日本でも江戸《えど》時代、京都などで施行された。細長い建物を連ねる町屋は、通りに面した家の幅に課税された間口税に対応して作られた構造だ。入り口は小屋の様なのに鰻《うなぎ》の寝床の様に細長く、果ては巨大な倉庫に辿《たど》り着くなんて事もある。

「雨宮骨董《こっとう》店が細長いのは、両親が京都のお師匠の骨董店に憧《あこが》れたからだよ」

「御両親は元気か？」

「お陰様で。先週、山の様に仕入れて置いて行った。鑑定が追い付いていないのに。勉強にはなるけれどね」

「さっきのテディベアも」

匡士の得心に水を差すように、電子レンジがピピピと音を鳴らした。

「ガラスの話はどうなったの？」

海星が憮然《ぶぜん》として、ティーポットを取り出す。彼が余った方の手で三つのマグカップの把手《とって》に指を通そうとしたので、陽人は立ち上がって二つだけ引き受けた。

「だからね、脚が太いゴブレットは、本物なら一七四五年以前に作られたアンティークの可能性がある。写真だけで判断出来るのはここまで」

「成程な」

匡士が写真のゴブレットを睨《にら》む。陽人はマグカップをテーブルに置いて、いつまでも注がれないロイヤルミルクティーに気が付いた。

海星がスマートフォンの画面に釘付《くぎづ》けになっている。

「……苦しそう」

薄く開いた唇から小さな声が溢《あふ》れた。

「辛《つら》い。ううん、息苦しい」

海星は眉根《まゆね》を寄せて首を振り、まるで目にした何かに影響を受けているかのように呼吸を浅くする。

「貸して。まだごはん途中だろう？」

陽人は海星の手からティーポットを引き継ぎ、彼をソファに座らせた。

匡士がまだ困惑を隠しきれず、労《いた》わるように海星と距離を測って膝《ひざ》に毛布を掛ける。

海星には不思議な力がある。

それが科学的に解明出来るものなのか、超常現象と呼ばれる類《たぐ》いのものなのか、陽人は知らない。しかし、彼の言葉を借りれば、妖精《ようせい》が見えると言う。

海星に話を聞く限りでは、時に小さな獣の様であったり、翅《はね》を持つヒトの様な形をしていたり、得体の知れない物質の塊だったりと様々だ。妖精の外貌《がいぼう》は大凡《おおよそ》、取り憑いている物に憑《つ》いているという表現で正しいのだろうか。妖精が取り憑いている物の意匠に影響を受けており、妖精が苦しんでいる時、取り憑く物にも不具合が起きている事がある。因果関係は定かではないが、そういった例が前に確認されたのは事実だった。

「先輩」

陽人はマグカップに茶漉《こ》しを載せ、ロイヤルミルクティーを注いだ。

紅茶とミルクの香りが湯気と共に優しく広がる。

「実物が見たいな」

「は？」

陽人の笑顔から一拍置いて、匡士が豪快に顔を顰《しか》めた。

3

秋の潮騒《しおさい》は第二の春を感じさせる。

夏に賑《にぎ》わった人が去り、まだ寒さの手前にいる。物悲しさを遠ざけるのは波が乱反射させる眩《まばゆ》い陽光だ。網膜でキラキラ輝いて、身体の内側が光で溢れている。

藤沢《ふじさわ》から江《え》ノ島《しま》電鉄に乗って五駅を過ぎた辺りで列車は徐行運転を始める。更に二駅を経て再び速度を上げる頃には、窓の外一面に茫洋《ぼうよう》と広がる海に意識を満たされた。

「次で降りる」

匡士に声を掛けられて、陽人は列車に乗っていた目的を思い出した。

「そう言えば、所有者に会いに行くのだったねえ」

「忘れんな。理由もなくおれらが仲良く並んでお出かけする訳ないだろ」

車窓の景色がホームに入って停止する。匡士はいつも早足だ。陽人がICカードを用意しながら降りると、改札の手前で匡士が待っている。

「けど、僕の修学旅行に合流して来たよね。一学年上なのに」

「あれは陽人が」

「もしかして、あの人？」

陽人は改札の外に立つ人と目が合って、会釈をしてみた。

インディゴ色のワンピースはデニム地だろうか。シャツをそのまま長くしたようなデザインは太めの革ブーツと相性が良い。正面からはショートカットにも見えるが、真ん中で分けた前髪も頭の形に沿って後ろに流れているから、長髪をひとつに結っているらしい。

明確《はっき》りした目鼻立ちは化粧映えして、先端にパールを吊《つ》り下げたチェーンピアスと均整が取れている。だが、表情は不安の影を拭《ぬぐ》いきれずに曇って、時折泳ぐ目は何かに怯《おび》えているかのようだった。

「紅田《べにた》さん、すみません」

匡士が足早に改札を通り抜ける。デニムワンピースの彼女がお辞儀をした。

「お疲れ様です」

「迎えに来て頂かなくとも御自宅まで伺いますよ」

「私も用事で出ていて、一本前の電車で帰ってきたところなんです。そちらがお電話で伺った方ですか？」

陽人は匡士に追い付き、隣に立った。

「雨宮骨董店の雨宮陽人です。初めまして」

「わざわざありがとうございます。紅田祝子《ときこ》と申します」

祝子は名乗り終えると早々に半身を返した。

「近くに小豆《あずき》の美味《おい》しいカフェがあります。お話はそちらで」

祝子と匡士の後に続いて踏切を渡りながら、陽人は空に浮かぶ雲と幾つかの疑問を数えた。

匡士は藤見《ふじみ》警察署の捜査三課に所属する刑事だ。三課が取り扱うということは窃盗事件だが、藤見署の管轄は雨宮骨董店のある地域に限られる。県内であろうと列車を乗り継いで市を跨《また》げば担当外だろう。

（事件ではない？）

祝子が、匡士の個人的な知り合いなら有り得る。しかし、鑑定の紹介だとすると、本人が現物を持ってくる方が早い。

家から持ち出せないのかとも思ったが、祝子はカフェで話すと言い、肩に掛けているミニバッグは財布と一体型でスマートフォンくらいしか入りそうになかった。

（何だか変な雰囲気だなあ）

陽人は意識しないと微笑んでいるような顔になるらしい。考え事をしている彼を、祝子は訝《いぶか》る様子もなく、カフェに二人を案内し、窓際に席を取って注文を済ませた。

「雨宮さんは骨董店の店員さん？」

「はい。鑑定、買い取り、販売をしています」

「お若いのに素晴らしいです」

感心する祝子は陽人より若干歳上、三十絡みと予想される。彼女は運ばれてきたコーヒーに砂糖とミルクを加えて、スプーンで水面に渦を描いた。

「お電話で伺ったお話では、鑑定が必要だそうで」

「窃盗罪は被害状況で量刑が異なります。主に、被害額と返済です」

「返済？」

祝子が聞き返す。匡士はコーヒーに手を付けずに答えた。

「盗んだ分を弁償しているかいないかで罪の重さが変わります。まあ、刑事の捜査は十円でも十万円でも同じです」

「私が、奇妙《おか》しな相談をした所為《せい》ですね」

苦々しげに呟《つぶや》いて、祝子が黒目だけを上へ動かす。彼女はミニバッグからスマートフォンを取り出して操作すると、陽人の方に向けてテーブルに置いた。

画面にはゴブレットの写真が表示されている。

「私が父から譲り受けたグラスです。これが先日、盗まれました」

「お気の毒に」

「エントランスの鍵《かぎ》に頼って、自宅の施錠を疎《おろそ》かにした私の自業自得でもあります」

「必要なのは鑑定ではなく捜査では？」

陽人が匡士に話を振ると、彼は無愛想な顔でコーヒーカップに手を伸ばす。

祝子が席の周りを忍び見る。

昼食時を過ぎたカフェは空席が目立つ。白いレースのカーテンは古く、あちこちに吊り下げたドライフラワーが適度に雑然とした印象を与えて、人がいなくとも閑散としているようには感じない。

店員が壁側の席で空のグラスに水を注いで店内を一周する。

祝子は店員が厨房《ちゅうぼう》に戻るのを見届けてから言葉を継いだ。

「私が、被害届を出していないんです」

「どういう事です？」

陽人は半分に割ったマフィンを皿に置いた。

逆に祝子がバターナイフを取って、粒餡《あん》を一掬《ひとすく》いする。

「刑事さんもお忙しいでしょう？　ですから先にお尋ねしたんです。こういった物の場合、どれくらいの規模で捜査されて、犯人と盗まれた物はどうなるのかって」

マフィンに盛られた粒餡がふっくらしている。彼女は粒餡ごとマフィンを齧《かじ》って、更に粒餡を重ねた。

「よく聞くじゃないですか。警察沙汰《ざた》にしてしまうと証拠は返してもらえないとか、物さえ戻れば示談になるとか」

「窃盗は刑事事件、示談で済むのは民事事件です。それで不起訴になったり、刑が軽減されたりはしますが……証拠品の返却時期は事件によるとしか」

匡士の疲れた口調から察するに、この問答は初めてではないようだ。

「小学生がクラスメイトに消しゴムを盗《と》られても、警察の方は捜査しないですよね」

「まあ、しないですね」

「こんなつまらない事件なんてと舌打ちしながら捜査されたくありませんから」

「しませんよ」

「警察に捜査して頂くに値する事なのか。捜査をして頂くメリットとデメリットは。きちんと検討して決めようと思って御相談に伺ったら、女性の刑事さんにさっさと被害届を出せと怒られました」

陽人の脳裏に、匡士の上司、黒川《くろかわ》の顔が浮かぶ。彼女なら言いかねない。

匡士が溜息《ためいき》を呑《の》み込んでコーヒーで蓋《ふた》をした。

「被害届が出されなくとも事件が発覚すれば警察は捜査をします。現段階では、あなたが写真のグラスの所有者で、盗まれたという事実が確認出来ないだけです」

話の断片から、陽人にも漸《よう》く事情が推測に及ぶ。

潜在的事件だ。

警察が書類上で認定出来ないだけで、事は既に起こっている。盗まれたグラスが高価な物だと分かれば捜査に値すると考えて、祝子は被害届を出す気になるかもしれない。

その為に陽人が駆り出された。

陽人はスマートフォンの写真を隅から隅まで見た。

ゴブレットの彫刻に反射する光は太陽光だ。ゴブレットを置いたテーブルには傷や汚れがあり、埃《ほこり》も落ちている。

対象物から写真の外周に注意を移すと、左下隅にテーブルに映り込んだテレビの角が確認出来る。外枠が太いから比較的古い型ではないだろうか。

「画面に触れても構いませんか？」

「どうぞ」

陽人は祝子の許可を得て右上隅を拡大した。緑色の網目はセーターだろう。おそらく個人宅で撮られている。美術館の展示品や店の商品ではなさそうだ。

「如何《いかが》ですか？」

祝子に尋ねられて、陽人は速やかに写真を等倍に戻した。

「写真での鑑定は不可能です。鑑定士は実物と来歴を調べて判断します」

「来歴というのは？」

「骨董《こっとう》品が作られてから、あなたの手元に来るまでの経緯です」

「物を見れば真贋《しんがん》が見抜けるのかと思っていました」

祝子が落胆したように睫毛《まつげ》を伏せて目を逸《そ》らす。陽人はにこりと微笑んだ。

「よく言われます。お父様はお譲りになる際に何か仰《おっしゃ》っていましたか？」

覚書でも記録が遺《のこ》っていれば最善だ。

匡士が一緒になって祝子の返答を待ち、固唾《かたず》を呑む。祝子は細い顎《あご》に手を添えて、薄く開いた唇から譫言《うわごと》の様に曖昧《あいまい》な声を零《こぼ》した。

「『王様の秘密の杯だ。世界にひとつの特別だぞ』」

大気が冷えて音が消える。グラスに水鏡が張るようだ。

『祝子も大切な世界に一人だけ。注いでも注いでも溢《あふ》れてなくならない、お父さんから祝子への愛の証《あか》しだ』」

思わず言葉を失った陽人と匡士に、祝子が我に返って破顔した。

「お給料を娯楽に使い込んで、家では大声で威張り散らして、母が風邪を引いても自分の食事を作らせるようなろくでなしの戯言《たわごと》です。甘い言葉で暴言を帳消しにしようだなんて、人の感情で引き算出来ると勘違いしてるんです」

「お父様からお話を聞けますか？」

匡士が顔を顰《しか》めたが、鑑定に不可欠ならば陽人は訊《き》かなければならない。

祝子の笑みが世を疎むように翳《かげ》る。

「亡くなりました。遊び仲間と喧嘩《けんか》をして暴れて、警察に連れて行かれた後、帰って来ませんでした」

「警察が何か？　失礼」

雑に置かれたコーヒーカップが耳障りな音を立てる。匡士が短く謝ると、祝子は頭を振ってチェーンピアスの先のパールを揺らした。

「事故です。帰り道に側溝で足を踏み外して気を失って、通行人に発見された時には手遅れでした。本当に馬鹿な大人……」

「お悔やみ申し上げます」

「お気遣いなく。母は存命ですが、死後も父とのあらゆる関わりを拒みました。配偶者として現金だけを相続して、遺品は全て私が受け取った形です」

「購入された店や国でも分かれば同業者を当たれます」

「国内なのは確実です。パスポートを作った事がなくて、県外に出た事もないんじゃないかな。ずっと港の仕事をしてました」

祝子が真剣な顔で考え込む。鑑定をして欲しい気持ちはあるらしい。

「入港した商人と飲む事もあって、度々お土産を頂いたというか、かったというか」

僅《わず》かなアクセントの差異が百を語る。匡士が苦い顔でコーヒーを飲み干す。

飲食物以外の賭《か》け事は賭博《とばく》罪に問われる。深掘りするのは得策ではなさそうだ。

「調べてみます。遺品の中に外箱や書類の様な物がありましたら御連絡頂けますか？後から作られた箱でも構いません。来歴を辿《たど》る手がかりになります」

陽人は懐からカードケースを取り出して、雨宮骨董店の名刺をテーブルに置いた。

祝子がスマートフォンと一緒に名刺を引き寄せる。彼女は簡素な文面に目を通して口元を綻《ほころ》ばせた。

「骨董屋さんって探偵みたいですね。物の探偵」

面白い喩《たと》えだと思った。

その後も、匡士は何度か被害届を出す事を勧めたが、祝子の返事はいずれも煮え切らない保留だった。

外に出るとまだ日は高く、涼しい潮風が襟首を擦り抜ける。

「私は反対方向なのでここで。よろしくお願いします」

「どうも」

歯切れの悪い匡士に背を向けて、祝子のブーツが踵《かかと》を鳴らして歩き出した。

「紅田さん」

陽人が呼び止めるのが遅れたのは、今、見聞きした情報を統合し終えた為だ。

藤見署への相談、鑑定依頼、保留されている被害届、父親の言葉、不確かな来歴、待ち合わせと別れの場所。

祝子が振り返る。

陽人は生まれたばかりの疑問を言葉にした。

「あなたは、ゴブレットを盗んだ犯人を知っていますね？」

「！」

匡士と祝子が凍り付く。やはり感情には質量があるのだ。二人の時間は停止し、全身を動かせないでいる。

潮風が街路樹をざわめかせる。じわり、影が動く。

「見当も付きません」

祝子はそれだけ答えると、会釈をして三叉路《さんさろ》を西へ曲がった。

4

タクシーの運転手がバックミラー越しに眉《まゆ》を下げる。

「本当にメーター回していいの？　後で文句言わない？」

「ドライブレコーダーの録画が証拠になりますよ」

匡士が警察手帳を畳んでスーツの内ポケットに仕舞う。それから返す手で財布を開き、千円札を二枚、支払いトレイの上に置いた。

「賄賂《わいろ》じゃないんで。運転手さんの分のおやつが要るでしょ。あ、領収書は貰《もら》って来て下さい」

「刑事さんがそう言うなら、餡《あん》パンでも見付けてきますかね」

運転手は千円札を受け取ると、タクシーを降りて踏切の方へ歩いて行った。

線路を挟んで駅のホームに面したコインパーキングには、陽人らが乗るタクシーの他に五台の普通車が駐車されている。

駅周りの路地は細く一時停止も困難で、タクシーが駐車場に停まっていても違和感がない。見た人は迎車か運転手の休憩時間と解釈してくれそうだ。

後部座席の窓に使われるプライバシーガラスが可視光線の透過率を低下させ、外から車内を窺《うかが》い難《にく》くする。匡士が踏切を監視している事を、行き交う人々は想像もしないだろう。

「警察の仕事ではないのでは？」

祝子は相談という形を選び、被害届も出さない。警察が捜査をする義務はないはずだ。にも拘《かかわ》らず、匡士が雨宮骨董店を訪れ、陽人を伴って祝子に会い、タクシーで張り込みをする理由に正当性がない事は彼自身の沈黙が雄弁に語っているも同然だった。

「お人好《ひとよ》し」

「そんなんじゃねえ」

身体の大きな匡士はよく狭い空間で不必要に身を屈《かが》める。頭突きを回避する癖が付いているようだ。

彼の世話焼きに助けられている人は多いのだろう。警察の仕事ではないかもしれないが、匡士の人助けの資質は彼と刑事の職を強く結び付けていると陽人は思う。

「……どうして犯人を知っていると？」

低い声で尋ねられて、陽人は助手席の陰から駅のホームを忍び見た。

「紅田さんの被害届を出さない理由が一貫していなかったから、かな」

多くの人間は感覚をいちいち言語化しない。陽人の中にあるイメージも殆《ほとん》どカフェの空気と音楽に溶けた無形の印象だ。

祝子は会った時から不安そうだった。

「警察の多忙を気遣ったかと思えば、舌の根も乾かぬ内に警察は安物の捜査を真面目にしない、警察に頼んでも盗まれた物は返ってこないと不信感を理由に挙げたよね」

「建前で本音を隠しきれなかった線は？」

「ある。だとしても被害届を出さない理由が成立しない」

駐車場に人が入ってくる。匡士が窓から離れて警戒したが、駐車してあった一台の車が何事もなく発車して行っただけだ。

エンジン音が走り去り、線路に緑の列車が到着する。

「被害届を出しても出さなくても、警察は無能で盗品は返って来ないのだから」

「確かに」

匡士が眉間《みけん》に皺《しわ》を寄せた。

彼はゴブレットが高価な骨董《こっとう》品だと証明して、どうにか捜査を始めようとしていた。

被害者に疑いの目を向ける以前の状況である。

「だが、解らないな。犯人に捕まって欲しくないのだとしたら、警察に相談なんぞしないで黙っていればいい」

「紅田さんが気にしていたポイントは三点。捜査の規模、犯人と盗品の処遇、ゴブレットの鑑定結果。素直に考えると、ゴブレットが安物なら人間関係を優先して通報しない、高価なら刑の軽重と天秤《てんびん》に掛けて通報を視野に入れる……そんな感じかなあ」

陽人は頭の中のイメージを言葉にして取り出したが、まだ何か、形にならない感覚が残っている。水の中にガラスを沈めたみたいに、光を当てると違和感があるのに透明なそれは水に同化して輪郭も分からない。

「管轄外の警察署に相談したのが、通報しないと決断した時に姿を眩《くら》ませる保険だとしたら、名前も本名か危ういな」

「居住地もね」

陽人は助手席の陰からフロントガラスの先に目を凝らした。

自宅の最寄り駅に客人を迎えに来る場合、訪れる人物に注意を向ける。通い慣れた風景は意識すらしない。

しかし、祝子は不安げに目を泳がせて、頻《しき》りに周囲を確認していた。

「来た」

カフェの方角から現れたデニムのワンピース。紅田祝子だ。

彼女はホームに列車が入って来るのを見て走り出そうとしたが、踏切に阻まれて立ち止まる。外出か帰宅か、藤沢行きに乗りたいらしい。

「おれは紅田を追う。陽人は帰れ」

「行ってらっしゃい」

踏切が上がり、祝子が歩き出す。

「今日はありがとな」

匡士は運転席に腕を伸ばして後部ドアを開けると、小走りに駅へ向かった。

タクシーのドアは手で閉めても良いものか。陽人が匡士のいた場所に身体をずらして座り直すと、入れ違いで運転手が帰って来た。

「張り込みはお終《しま》いで？」

薄茶色のビニール袋は弁当と缶コーヒーらしき形に変形している。

「お昼時に申し訳ありませんが、車を出して頂けますか？」

「実はタクシーはお客様を乗せて走るのが仕事でして」

運転手が白けた口調で答えて駐車料金を支払いに行く。彼は三十秒で戻って運転席に乗り込んだ。

「どちらまで？」

弁当の袋が助手席に収まる。

「銭洗弁財天《ぜにあらいべんざいてん》にお願いします」

陽人は行き先を告げて、スマートフォンのロックを解除した。

銭洗弁財天宇賀福《うがふく》神社の境内には霊水が湧く。

急勾配《きゅうこうばい》の坂道の中腹に位置しており、最も近い鎌倉駅からでも二十分ほど歩く。

源頼朝《みなもとのよりとも》が夢のお告げに従って霊水の洞に宇賀神を祀《まつ》ったのが始まりで、銭洗の名の通り湧水《ゆうすい》で金を洗うと何倍にも増えるという言い伝えは、後に北条時頼《ほうじょうときより》が一族繁栄を願って銭を洗った事に端を発する。

金運上昇の御利益に与《あずか》ろうと参拝する商い者も多い。

舗装された坂道の途中、本道から枝分かれするトンネルの入り口に石の鳥居が立っている。山の緑が垂らす蔓《つる》植物を潜って低いトンネルを抜けた先、待ち構えるのは幾重にも折り重なる鳥居だ。

静寂が雪融《ど》け水の様に辺りを冷たく満たす。更に歩を進めると、開けた空が殊更青く感じられた。

社務所の広い庇《ひさし》の下に、参拝者が曖昧《あいまい》な列を成す。

陽人は順番待ちの輪に加わって、蠟燭《ろうそく》と線香を購入した。白く細い蠟燭は本宮傍に整列する燭台《しょくだい》に、線香は香炉に献ずる。本宮に並ぶ列は社務所より明瞭《めいりょう》だ。

（お邪魔します。日々それなりに頑張ります）

陽人は本宮に手を合わせ、挨拶《あいさつ》を済ませると、人の流れから外れて奥宮の入り口が見える位置に控えた。

奥宮とは銭洗の霊水が湧く洞窟《どうくつ》を示す。顕になった山の岩肌は、人の暮らしが勇壮な自然の一部でしかない事を思い出させる。八百年前にも人がこの地を踏み、この白色がかった岩肌に触れたと思うと、陽人の心はその事実に吸い込まれて没頭する。

骨董品と対峙《たいじ》する時と同じだ。短い人の生命で受け継ぎ繫《つな》いだ長き時の尊さは筆舌に尽くし難い。

深呼吸をして山の空気に肺を浸すと、自我が薄れる感覚がした。

「雨宮ジュニア」

捜しに来た人物に話しかけられて、陽人は微笑み直した。

「こんにちは、藻島《もしま》さん」

「何を見てにやけてやがる」

「岩……ですかね」

「確かに立派だわなぁ」

彼は意外とすんなり納得して、総髪の尻尾《しっぽ》を地面に向けた。

藻島はアンティーク・フェアでよく顔を合わせるディーラー仲間の一人だ。とは言え、年齢は陽人の三倍もある。

岩山を仰ぐ横顔は日に焼けて硬くなった皮膚に皺が深く刻まれている。髪は歳相応に色を失って、当人曰《いわ》く身長も若い時分に比べて縮んだらしいが、脂肪が削《そ》ぎ落とされた頰も首も衰えるどころか精悍《せいかん》で生命力が行き届いている。

ブラウンベースのパンツのトーンオントーンと、マフラーの紺と赤のマドラスチェックを喧嘩《けんか》させないセンスは絶妙で、年上の彼の方が若々しくすらあった。

陽人も彼と一緒に岩山を見上げた。

「今日はいい天気ですね」

「急用なんだろ、雨宮ジュニア」

散歩コースで待ち伏せをして、今更誤魔化すのも無意味だろう。

「藻島さんなら御存知かと」

陽人はスマートフォンにゴブレットの写真を開いた。匡士から転送して貰《もら》ったものだ。

藻島がセーターのＶ襟に下げた老眼鏡を掛ける。彼は一目見て細めた瞼《まぶた》を開いた。

「見た覚えがある。オリジナルは一七四〇年頃に作られた二脚セットで、割れずに生き残った一脚だ」

やはり彼は生き字引である。陽人は感嘆して思わず拍手した。

藻島が左頬を歪《ゆが》める。

「何じゃい」

「藻島さんの経験値と記憶力は無形文化財ですね」

「煽《おだ》てるな。朝飯もうろ覚えの爺《じじ》いだよ。そら、ステムのとこ、涙型のノッブが縁起でもねえって珍しがった所為《せい》だ」

「涙型のノッブに迷信があるのですか？」

ノッブとは、脚付きグラスの脚部分《ステム》に施す膨らみを指す。装飾を意図として主に球体を基本とするが、中には動物や果物を模《かたど》るものもあった。象を呑《の》んだ蟒蛇《うわばみ》を思い浮かべると大凡《おおよそ》合致する。

藻島が老眼鏡を外して襟首に掛け直す。

「十数年前、英国貴族が息子の結婚祝いに複製品を作らせて、親しい参列客に配ったそうだ」

「嬉《うれ》し涙かな」

「破局したって話は聞いてねえな」

シニカルに首を竦《すく》めて吐く藻島の毒は乾いて軽い。陽人は持ち主とゴブレットの情報を脳内で振り分けた。

「オリジナルの可能性はありますか？」

「件《くだん》の英国貴族に撮らせて貰った写真だったら真作だ」

念の為、確認しても良いが、写真は日本の民家の一室で撮られている。

香炉から線香の煙が風に流れて漂う。藻島が鳥居群の方へ爪先《つまさき》を向けたので、陽人も合わせて歩き出した。

「何年前だか、転売品が横浜港《よこはま》にも何脚か入って来るって前情報があった。だが、実際にオークションに出たのは一脚だけでな。俺は元々、百年未満の非骨董《わかぞう》に興味はなかったが、古道具屋連中は舌打ちしてたぜ」

「売却主は当然……」

「代理出品に決まってら」

陽人は身を屈《かが》めてトンネルに入った。

引き出物を売り払う参列客の事情をディーラーは追及しない。違法でない限り、買い手から持ち主の詮索《せんさく》をしないのが古物取引のイロハだ。

「探してるなら何人か声かけてやろうか？」

藻島は陽人の事情も詮索しない。

「そこまでお世話になる訳には。売りに出された記録は自分で調べます。ああでも、当時の資料が残っていたらお借りしたいです」

「そんなら、店《うち》の物置にチラシの一枚もありそうだ。見付けたら連絡する」

「ありがとうございます」

最後の鳥居を潜ると、街色の風が線香の残り香を攫《さら》った。

5

宇宙から夜の地球を見下ろした時、日本ほど明るい国はないという。

輪郭が見て取れるのは海岸線に囲まれた島国ならではだ。港町の灯《あか》りは航海から帰る船に安堵《あんど》を齎《もたら》す。

多くの人にとって家の灯りもまたそれだ。

川沿いの桜並木を途中で離れて路地に曲がる。昼はカフェを営む角の店は、日が落ちるとテラスにランタンを下げるバールに様変わりだ。

パリの街並みを手本に作られた通りには、中央にオリジナルの街の下水道を模した溝が走っている。いつもは民家の階段で居眠りしている猫の姿はない。家に入れられたか、ひょっとしたら猫の集会に赴いたのかもしれない。薄曇りの月夜は胸に好奇心の種を植える。

だが、寄り道は別の機会に。今日は海星が、陽人の帰りを待っている。

街並みに点《とも》る光や街灯が温かく感じられるのは、きっとこの中に自分を迎え入れる灯りがあると知っているからだ。

まもなく帰路の終わりに差しかかり、陽人は遠目に雨宮骨董《こっとう》店を見遣《みや》った。

窓がいずれも暗い。

海星は眠っているのだろうか。否、優しい彼は陽人の帰宅を暗闇で迎えた例《ため》しがない。昼寝をするとしたら、リビングの電灯を点《つ》けてからベッドに入る確信がある。

「海星」

陽人は住居側の玄関に鍵《かぎ》を差し込み、暗い階段を駆け上がった。二階の三和土《たたき》で靴を脱ぐ手間がもどかしい。

海星は身体が丈夫ではない。医師の話では、海星が雨宮家に来た時、人の子供が幼少時に身に付ける免疫を得ていなかったのだと言う。

その頃に比べれば、病床に伏せる回数も格段に減ったが、今でも家の外に出るのは容易ではなかった。

「ただいま」

陽人は呼びかけながら照明のスイッチを入れた。廊下も、リビングも、荒らされた痕《こん》跡《せき》はない。侵入者という最悪の可能性はまず消えた。

眠っているだけであれ。陽人は祈る思いで海星の部屋の扉をノックした。

返事がない。

「入るよ」

陽人は断りを入れて、ドアノブを捻《ひね》った。

中は他の部屋同様に暗かった。遮光カーテンは開いており、レースカーテンが月光を透かす。薄明かりに浮かぶベッドに人の気配はなく、室内は蛻《もぬけ》の殻だ。陽人の胸に去来する黒い煙の様な不安が増殖して、視界をすっかり覆ってしまいそうになった。

「海星」

家の何処かで倒れているのではないか。いつから、どうして。早く処置をしなければ手遅れになるかもしれない。

脳内で言葉にするより早く、陽人の心臓が鼓動を撥《は》ね上げて潰《つぶ》れるように痛む。陽人は廊下に取って返そうとした時、目の端に毛布の角を捉《とら》えた。

クローゼットの折れ戸が毛布を数センチ挟んでいる。

陽人は進行方向を正して、出来るだけ音を立てぬようゆっくり把手《とって》を引いた。ハンガーで吊《つ》り下げた服の裾《すそ》に潜って、毛布に包《くる》まった身体が見える。初めて会った日、海星は毛布に包まって箱の中にいた。あの時と同じ、小柄だがあの日から随分と大きくなった。

「海星」

「おかえり、兄さん」

返事をした海星の顔色はよく、涙も零《こぼ》していない。小声で淡々と話すのは彼の常である。

陽人はほっとして、部屋の電気を点けてから、再びクローゼットの前にしゃがんだ。

「見付けた」

「妖精《ようせい》の真似をしていた」

海星が毛布ごと膝《ひざ》を抱える。

「ゴブレットの妖精は丸まっていたの？」

「体勢ではなくて。息苦しそうだったから、どんな種類の苦しさだろうと思って」

相手の気持ちを推し量る事が出来る自慢の弟と言いたいところだが、安易な同化は自傷に等しい。死者の気持ちに寄り添う為に生命を絶つようなものだ。

「危ない真似はしていないね？」

「何も。限界まで息を止めたり、息継ぎなしで歌ってみたり」

「水に顔を浸《つ》ける前に帰って来られて良かった」

「…………」

思い付かなかった手らしい。海星が目から鱗《うろこ》という顔をする。

「グラスは水を注ぐものだ。息苦しさの説明は付く」

「絶対にしないで」

陽人はいつもより少し強めに釘《くぎ》を刺した。海星の気がかりを解消する為にも、早くゴブレットを発見して鑑定をしなければならない。

「立てる？」

「大丈夫」

海星は答えたが、自らを包む毛布を踏んでいて、身体が中腰で閊《つか》える。陽人は彼を肩に摑《つか》まらせて足を浮かせ、毛布の裾を引き抜いた。

「ありがと」

「かくれんぼなら僕の勝ちかな」

片寄ったクローゼットの服を整えて、折れ戸を閉める。微笑んで振り返った陽人を待っていたのは、海星の気難しそうな顰《しか》め面だった。

大笑いを求めた冗談ではなかったが、感情の針がマイナスに振れる事も想像していなかった。負けず嫌いの匡士でも悔しがらないだろう。

「海星、どうかした？」

陽人の呼びかけに、海星はなかなか答えない。窓の下を自転車の音が走り抜ける間が過ぎて、彼はぽそりと呟《つぶや》いた。

「かくれんぼ」

言葉の意味を確認するかのように、海星が静寂に声を置く。

不機嫌に見える表情の裏側で、思考が駆け巡っているのが伝わる。

「隠れている。隠している。息を詰めて……潜めて」

海星が顔を上げると、曇りの晴れた瞳《ひとみ》は澄んで、黒の奥に海の青が映った気がした。

「兄さん。ゴブレットの妖精は何かを隠してる」

「妖精は物質に干渉出来るの？」

「出来ない、と思う。そうじゃなくて、あの妖精には秘密がある」

物に憑《つ》く妖精が隠し事をする意味があり得るのだろうか。海星がいなければ、陽人は妖精がいる事も知れなかった。妖精が秘密を持つ相手は現状、海星しかいない。

だが、海星が言う事を信じない選択肢の方が、陽人にとってはあり得ない。

「贋作《がんさく》の妖精は贋作の事実を隠そうとする？」

「俺は見た事がない。靄《もや》とか虫とか幼稚園児が粘土で作った人形みたいな、ちゃんと真似出来ていないんだけど、本人にとっては自分がオリジナルなんだよ、きっと」

「人間の罪深さを感じるなあ」

「真作に何を誤魔化す必要があるんだろう」

海星が肩からずり落ちた毛布の端で口元を覆う。

陽人も別の切り口を探したが、スマートフォンの振動に遮られた。メッセージを受信したようだ。

「藻島さんからだ」

通知欄には彼の名前と添付ファイル名が表示されている。

陽人が画面を開くと、古いパンフレットの画像が一ページ読み込まれた。

骨董品のオークションには詳細が不可欠だ。鑑定に来歴が要るように、買い手も現物のみならず情報を重視する。作者、制作年、売却履歴、材質に状態。鑑定者が品質の保証になる例もあった。黒背景に撮られた写真に問題のゴブレットが写っている。

成り立ちは藻島に聞いた通り、イングランドの貴族――家名も明記されている――が息子の結婚祝いに作らせた複製品で、代理出品だが所有者の身元確認済みとある。

贋作《フェイク》と複製品《レプリカ》の違いは真作を名乗るか否かに尽きる。

骨董品の基準は制作から百年が経過している事が第一条件だから、このゴブレットはアンティークとは呼べない。作品名も真作とは別に付けられたようだ。

「出品番号十二番『ガレット・デ・ロワ』」

「あのゴブレットの名前？」

海星が毛布の下から籠《こも》った声で尋ねる。

「そうみたいだね」

ガレット・デ・ロワと言えば、お祝いの席で食べるフランスの伝統菓子だ。

「俺にも見せて」

「どうぞ」

陽人はスマートフォンを海星に手渡した。

海星が毛布を被《かぶ》った両手で受け取り、顔に近付けて凝視する。

「これって」

感情が顔に出難《にく》い弟だが、陽人も僅《わず》かな声の調子を聞き取れる程度には兄だった。

「気になる所が？」

「写真がぼやけていて見辛《づら》いんだけど」

海星が腕を下げると、毛布がふわりと床に着く。

「苦しくない」

「え……」

「あ、もくもくさん」

海星の手の中でスマートフォンが震え出す。陽人は纏《まと》まらない考えを脳の保留棚に乗せて、スマートフォンを受け取った手で応答ボタンをタップした。

「本木先輩、こんばんは」

「こんばんはってお前な。陽人の暢気《のんき》さには毒気が抜かれる」

抜けるほどの毒があると思っているのは匡士自身だけではなかろうか。

海星が毛布を引きずってベッドに腰かけ、両足を引き上げる。

先に匡士の用件を聞いた方が良さそうだ。二、三、報告出来る話もある。彼の考えも気になるが、陽人が頭の中で段取りを組んだ矢先、匡士の深刻な声が耳に突き刺さった。

「紅田祝子の身元が割れた。彼奴《あいつ》は詐欺師だ」

今日一日で積み重ねた情報の根底が揺らぐ。

「盗難は嘘という事？」

詐欺師が窃盗の通報をすると言って、まず思い浮かぶのは保険金詐欺だ。が、となると彼女が被害届を渋る理由がない。

「少なくとも例のグラスは所有していた。紅田の母親に会って、遺産相続について確認したから間違いない。十年前に親元を離れていて、母親は彼女の今の仕事も知らないようだった」

「窃盗に遭って、詐欺師の身の上で後ろ暗くて通報出来なかった」

「署を変えたくらいで凌《しの》げると考えたなら、警察のデータベースを舐《な》め過ぎだ」

「紅田祝子というのは本名？」

「そう、調べれば秒で前科が出る。……」

数秒の沈黙は匡士が躊躇《ためら》った証左だ。警察にも守秘義務がある。

「後に正当な所有者を主張する為に本名を名乗っておいたと考えると、窃盗事件は起きたのだと思う。気になる目撃証言もある。辿《たど》れば容疑者を絞れるはずだ」

いよいよ公式に捜査が始まる。

陽人はこちらから情報の共有を切り出した。

「ゴブレットの素性も特定出来たよ」

「！　これから頼むつもりだった」

「お役に立てれば幸いです」

陽人が決まり文句で答えると、匡士が声に喜色を滲《にじ》ませる。海星に聞かれて困る話でもないので、陽人はそのまま、ゴブレットの素性と来歴に加えて、ここ数ヵ月の間に売りに出された記録がない事を報告した。

匡士が電話口から離れて息を吐く。

「助かる。ひとまず馬鹿高いアンティークじゃないんだな」

「落札価格は二百ポンド、三万円くらいだった」

「安物だろうと通報しない理由と相談した意図は依然、謎だが」

「何が目的なのだろうね」

陽人は相槌《あいづち》を打ち、俯《うつむ》く海星の肩にずり落ちた毛布を掛けた。

謎は骨董《こっとう》品に似ている。

それ自体の構成要素を繙《ひもと》ければ良し。複数の思惑が絡み合うと解読を困難にするが、各人の紐《ひも》を丁寧に解く事で目隠しの霧が晴れる。

それぞれの立場から時を追う。いつ、何を見て、どう行動したか。歩んだ道筋が為人《ひととなり》を示し、その人物を知る手がかりとなる。

特別な事ではない。人と関わる時に相手を想うのと同じだ。

被害者の視点で、加害者の視点で。

事実を矛盾なく成立させる所に真実は存在する。

「解ったかも」

「分かった」

陽人と海星の声が別の角度から一致した。

何処かの水平線に、陽が昇ろうとしていた。

＊

秋の夕陽が赤い海に沈む。

夜闇は街全体に帷《とばり》を下ろしても、藤見警察署が眠りに就く日はない。

捜査三課の引き継ぎを終え、日勤の刑事が方々へ散って行く。席に戻らず家路を急ぐ者、席に残って終わらなかった仕事を再開する者、そんな同僚に話しかけて邪険にされる者。

「お疲れ様」

気を弛《ゆる》める彼らの横で夜勤の刑事が粛々と働き始めた。

長い黒髪をポニーテールにして、スーツのジャケットのボタンを外す。彼女は未開封のペットボトルを机に置いて、離す手で緩慢な空気を薙《な》ぎ払った。

「用もないのに居座るな。気が散る」

「黒川さん、怖い顔は犯人だけにして下さいよ」

苦笑いでやり過ごそうとする同僚を彼女は決して見逃さない。

「私がどんな顔をしようが私の勝手だ」

黒川が眼光険しく突き放す。

日勤の刑事らは笑顔を引き攣《つ》らせて悪足掻《わるあが》きをした。

「いやあ、折角おしゃれな眼鏡を掛けてるんだから表情もねえ」

「あ、本当だ。どうしたんですか、黒川さん。格好いいフレームじゃないですか」

同僚が驚くのも無理はない。黒川は配属以来、身だしなみ以上の装飾を毛嫌いしている節すらあった。眼鏡も丈夫さが取り柄のチタンフレームで機能重視のデザインの物を使っていたが、今日は鮮やかな青いセルフレームの眼鏡を着用している。

化粧は相変わらず日焼け止めと眉《まゆ》を整える程度だが、近頃、今まで見えなかった黒川凪《なぎ》という人物が、モグラ叩《たた》きの様にあちらこちらから顔を覗《のぞ》かせる事があった。

「私がどんな眼鏡をしようと私の勝手だ。だが一応、礼は言っておく。そうだろう、格好よかろう」

「何処が礼ですか」

匡士は流石に聞き流せなくなって会話に割り込んだ。

「遅刻したな、キキ。犯人を逮捕する時も少し遅れるからカフェに入っていてくれと頼むつもりか？」

矛先が匡士に変わったのをこれ幸いに、日勤の刑事らが背を向ける。

匡士は甘んじて身代わりを託された。元より夜勤で組む予定だった上、匡士からも話がある。

「黒川さん、頼みがあるんですが」

「何だ。金の始めが縁の切れ目。無心をした日に付き合いが終わると思え」

「捜査三課《う ち》らしい戒めです」

匡士がキャスター付きの椅子を引き寄せて座ると、黒川も異変を察知した様子で自分の席に腰を据える。匡士はノートパソコンを開いて電源を入れた。

「見て下さい。保土ケ谷《ほどがや》のラーメン屋で借りた防犯カメラの映像です」

「お前、越境捜査を」

「最後まで聞いて、規則違反だと判断したら引き渡して貰《もら》っていいです」

本音ではなかったが、まずは話をしなければ始まらない。匡士の出した条件に、黒川は鼻白んで顎《あご》をしゃくった。

「いいだろう」

「二日前の録画です」

匡士はノートパソコンのスロットにマイクロSDカードを挿した。

動画ファイルを開く。画角は店の前の幅五メートルに固定されており、通行人と店に出入りする客が映っている。匡士はシークバーを動かして問題の位置で再生した。

「ここからです。南側から男が走って通り過ぎます」

「ストップ」

黒川が中指で机を叩いて映像を一時停止させる。

人通りが途切れた画面に、ブレた男の影が映り込んだ。

黒いパーカーに砂色のズボン、スニーカーだろうか、靴は白っぽい。年齢に伴う脂肪が付いたふくよかな体型で、走り方にもこれといった特徴はなく、顔が映っていなければ個人の特定は難しそうな背格好である。

「何か持っている」

黒川の着眼点は三課の刑事らしい。匡士は動画の一部を拡大した。

「グラスです。被害者は高価なアンティークだと主張しています。鑑定を頼んだんですが、写真だけでは判断が付かないそうで」

「アンティーク」

黒川が左右の目頭を指で挟んで、眉間《みけん》を隆起させる。

「詐欺だったら隣、強盗だったら更に隣だ」

「空き巣なので三課っすね」

「管轄外は論外だ。どういうお節介でちょっかいを出している？」

中指が拳《こぶし》に変わって机を叩く。物々しい音に日勤の同僚が身を竦《すく》め、抜き足差し足で席を立った。

「昨日、黒川さんが叱り飛ばした人です」

匡士は紅田が藤見署を訪れたところから今までの経緯を、重要な部分だけ掻い摘《つま》んで説明した。

初めは胡乱《うろん》な目をしていた黒川も、紅田が自宅を偽った辺りから前のめりになる。相談者が通報を渋っている事、彼女が詐欺で何度か訴えられ、不起訴になっている事を告げると、黒川はいよいよ真剣な顔で匡士に詰め寄った。

「防犯カメラの男は？」

「三好花也《みよしはなや》、保土ケ谷の電子機器会社で研究員をしてるようです。紅田が一人暮らしをするマンションも保土ケ谷にありました。三好の会社の近くでした」

「通報がなければ保土ケ谷署でも動きようがなかろう」

警察の大前提である。匡士は頷《うなず》いて別のファイルを開いた。

「こっちは藤見通りのアウトドアショップの店内カメラ映像です」

「三好じゃないか」

「店員から寝袋を注文したと聞けました」

「どうやって見付けた？」

黒川は今にも匡士の胸倉を摑《つか》まんばかりの剣幕で睨《にら》みを利かす。

「勤務外だからって法には従いますよ。三好の自宅アパートは藤見市内にあって、会社の同僚からキャンプが趣味だと聞けました。地元の専門店には行くでしょう」

事実、三好はアウトドアショップの店員が顔を覚えている程度には店に通っていた。

「つまり、逃走中の容疑者を管轄内で発見した事にするのか。紅田に通報させられるのか？」

「被害者の家から逃げる三好の姿を配達員が目撃してます。窃盗罪でなく、住居侵入罪で証言して貰う手筈《てはず》を取り付けました」

「紅田の家は保土ヶ谷」

自身に確認するように言って、黒川が理性的な表情を崩壊させる。

「という事は、面っ……倒くさい調整を私に丸投げする気か」

「直属の上司ですので」

匡士が陽人を手本に友好的な笑みを浮かべると、黒川が辟易《へきえき》とした調子で手を振り払った。

「嘘くさい笑顔を向けるな」

慣れない事はするものではない。匡士が拳を頬骨に押し付けて筋肉を解《ほぐ》す間に、黒川が外出用のサコッシュに肩を潜らせて身支度を終えた。

「まずは任意で引っ張りに行くぞ。保土ヶ谷署への引き渡し期限は交渉しないからな。相談者の件は時間内に始末を付けろ」

「了解」

「それと、雨宮骨董《こっとう》店を呼んでおけ。鑑定を頼んだというのは彼の事だろう？　私は課長に話を通してくる」

黒川が颯爽《さっそう》と動き出す。

「有能だなあ」

匡士は彼女の伸びた背中に感心しながら、私物のスマートフォンで陽人の番号を呼び出した。

「本木先輩、こんばんは」

「こんばんはってお前な。陽人の暢気《のんき》さには毒気が抜かれる」

くだらない会話で笑えないのが残念だ。

捜査に支障を来さないラインに注意して事情を陽人に説明する。紅田の素性も来歴と見れば、ゴブレットの鑑定の役に立つかもしれない。

更に匡士が実物の鑑定を依頼したいと伝えようとした時、スマートフォンから二人分の声が聞こえた。

「解ったかも」

「分かった」

それぞれ無意識の独白の様な陽人と海星の得心。

時計の長針が六の文字を指す。匡士の脳内で始業の鐘が鳴った。

6

黒電話のベルに憧《あこが》れている。

電子音で作られた音ではない。金属製の二種類のベルが電話機の中に入って、着信があると電流の通ったハンマーが交互に打ち鳴らすのだ。

子機のない時代、電話の呼び出しは家の隅々まで聞こえなければならなかったから、さぞよく通る澄んだ音がしたのだろう。

「出ないなあ」

陽人は助手席で応答のない呼び出し画面を眺めた。

紅田祝子。

窃盗事件の被害者で詐欺師。匡士の電話帳には相談された日付と、彼独自の隠語らしい文字を二つ並べて登録してある。

『諦《あきら》めて逃亡するのを防ぎたい。鑑定を餌に所在を摑んでおいてくれ』

頼み事は基本的に断らない陽人だが、黒川の冷涼な眼差《まなざ》しには察するところがないでもない。陽人に頼らざるを得ない事への葛藤《かっとう》を見るに、捜査の都合で人手を割けなかったのだろう。

「出ませんね」

アナウンスにも切り替わらない。

陽人は呼び出しを終了させ、半分開いた窓からアパートを見遣《みや》った。

通りに対して縦に建てられた二階建てのアパートだ。匡士と黒川が立つと、扉が並ぶ通路を殆《ほとん》ど塞《ふさ》いでしまう。

黒川がインターホンを二度押して、扉に直《じか》に声を掛けた。

「こんにちは。三好さん、いらっしゃいますか」

匡士が低音で怒鳴るよりは警戒させないだろう。それでも、静かな集合住宅には彼女の声がよく響いた。

「こんにちは」

「いい加減にしてよ」

薄いグレーの扉が開く。出て来たのは簡素なジャージに身を包み、長い髪をおさげにした住人だ。彼女は匡士を見るとぎょっとして扉を半分閉じた。警察と知らなければ、匡士の威圧感は悪い想像を呼び起こす。

「その家の人、出かけてますよ」

陽人からは扉の位置が重なって隣室の住人とは分からなかった。

「いつ頃ですか？」

「昼頃に、学校から帰って来た時にお隣さんの自転車とすれ違って。キャンプ道具を積んでたから今日は帰らないと思います」

黒川に答える間も、彼女は扉を徐々に閉めようとする。

「ありがとうございます」

「じゃ」

最後の五センチが閉じる間際、匡士が彼女を引き留めた。

「ちょっといいですか？　インターホン、二回しか押してないですよね」

「はい」

「声もいい加減にしろと言われるほど大きくなかったと思うんですが」

「すみません！」

　彼女がおさげまで震わせて縮み上がる。

「あなた様方は全く以《も》って五月蠅《うるさ》くなんてございません。不敬な態度で出てしまいました事、お詫《わ》びのしようもございませんが、少し前にも玄関口に通行の妨げをなさるお姉様がいらっしゃったものですから、いないと伝えたのにまたお戻りになられたのかと愚かなわたくしは安易な考えに陥ってしまったのでありまして、お二方を責める気持ちはこれっぽっちも抱いてございません」

「落ち着いてください。我々は警察です。参考にお話を聞いているだけですから」

「け、警察」

「キキ、お前は一歩退《さ》がれ。危害を加えようがない距離も信用の一部だ」

　黒川の叱責《しっせき》を受け、匡士が両手の平を見せて、害意がない事を示した。

「おれ達の他にも訪ねて来た人がいたんですね」

「え、もしかしてストーカー？　お隣さん、大丈夫ですか？」

　瞬間、黒川の顔から血の気が引く。

　考えられる最悪の可能性は、紅田が痺《しび》れを切らして自力でゴブレットを取り戻しに来る事だ。逃走中の窃盗犯に被害者が接触して、円満に解決する未来は見えない。

「キキ、早く来い！」

「御協力感謝します。怖がらせてすみません」

匡士が後部座席に乗ると同時に、黒川がアクセルを踏み込んだ。

「紅田はどうやって容疑者の家を突き止めたんだ？」

「知ってたんですよ。三好と紅田が知り合いなら、紅田が藤見署を選んだのも自然です」

シートベルトの金具が遅れて音を鳴らす。

「つまり、こういう事か。三好は紅田の詐欺の被害者で、報復に高価な物を盗んだ。三好が捕まると紅田の罪も明るみに出る。だから、紅田は通報を渋り、自ら片を付けようとしている」

「それは……」

匡士が助手席の陽人を見る。陽人がスマートフォンを返すと、彼は不在の履歴に目を通して、奥歯を嚙《か》み合わせた。

「とにかく、知人なら紅田は三好のキャンプ趣味を知っている可能性があります」

「県外に遠出していてくれよ」

願いながら、二人が最悪の事態を想定して行動している事は、迷いのないハンドル捌《さば》きで明らかだった。

＊

藤見市の北西、街を一望する小高い丘は、昭和の時代まで古墳だと考えられていた歴史がある。

周辺は自然公園として行政に管理されていたが、考古学教授が指揮を取って長年に亘《わた》る調査が行われた結果、単なる地層の隆起と判明した時は多くの人を落胆させた。

しかしながら、市民にとって憩いの場である事に変わりはない。

開放された元古墳には近年、キャンプ場がオープンした。規模は小さく、見所となる観光名所はないものの、公営の為に使用料が安価で、週末のソロキャンプには打って付けだ。

売店を兼ねた管理事務所は既に暗い。

遊歩道を照らす街灯は、丘の斜面に差しかかると小型のソーラーライトに変わり、次第に月の方が明るくなる。

開けた丘の上、細い丸太の柵《さく》に囲まれた広場は雪原の様に白い。

月明かりが色を奪って陰影を濃くする。疎《まば》らに立つテントはさながらカマクラだ。

南に面するテントの陰を歩いて、近くで見ればサイズや形の差異を見分けられる。探すテントは一人用、他のテントから孤立した南側、柵の傍に張られていた。

影に身を潜め、テントに耳を欹《そばだ》てる。微《かす》かに吐息が聞こえる。

上体を低くして柵側に回る。ポケットを探ってカッターを手に取り、反対の手で入り口のファスナーを摑《つか》んだ。

暗いテントが口を開ける。

真新しい寝袋の足元から四つん這《ば》いで忍び寄る細い手首が、寝袋から突き出した手に摑まれた。

悲鳴が瞬時に塞がれて、テントの形が無様に歪《ゆが》んだ。

＊

「どっちも動くな。警察だ」

匡士と黒川がテントに踏み込めたのは、まさに間一髪のタイミングだった。

祝子が恰幅《かっぷく》の良い男性を襲っている。否、返り討ちに転じる瞬間とも言えるだろう。

男性は寝袋から半分這い出して肉付きの良い右手で祝子の手首を摑み、彼女の握るカッターナイフが刃を出すのを封じている。左手では祝子の顔を押し退《の》けて、後頭部をテントの側面に減《め》り込ませた。

「警察！」

男性が寝袋を脱ぎ捨てて匡士の顔面にぶつけ、視界が覆われた隙に裸足《はだし》でテントから駆け出す。匡士は刃物の処理を優先したようだ。

「怪我は？」

匡士が祝子に手を差し出して、カッターナイフを渡すよう視線で促す。

その背後で、鈍い音と土煙が上がった。

突進して来た男性を黒川が躱《かわ》し、重心を据え、円の軌道上で彼の肘《ひじ》を固める。男性が体勢を崩して地面に転がったのだ。

「三好花也さんで間違いないですか？」

黒川が警察手帳を見せて問いかける。男性は否定しない。

陽人は電気ランタンにスイッチを入れて、少し離れた柵の支柱に置いた。三好のテントの辺りだけがぼんやりと明るく照らされた。

三十半ばを過ぎた頃だろうか。防寒ジャケットを着込んでおり、裸足が対比で殊更寒そうだ。全身のシルエットは七福神《しちふくじん》の大黒様《だいこく》に似ているが、切羽詰まった顔に幸福感は微塵《みじん》も見られない。

間に合って良かったと楽観するには早いようだ。

三好は膝《ひざ》を突いて身体を起こし、黒川の機嫌を窺《うかが》うみたいに諂《へつら》い笑いを浮かべた。

「御心配なく。痴話喧嘩《げんか》です。そうだよね、祝子さん」

匡士に付き添われて、祝子がテントから出て来る。呆気《あっけ》に取られる彼女に、三好が畳みかけた。

「俺の居場所を見付けてくれた。俺の理解者はやはり君しかいない」

「アパートの前に自転車がなかった。あんたの家から自転車で行けるキャンプ場は自然公園くらいしかないわよ」

「それこそ『理解』じゃないか」

三好が黒川に摑まれた肘を捻《ひね》り、膝を伸ばす。

「君が戻って来てくれれば、君も俺も犯罪者にならずに済む。『理解《わか》』るよね」

「あ……」

祝子の表情が翳《かげ》り、瞳《ひとみ》が力を弱める。麓《ふもと》からの強風に煽《あお》られて蹌踉《よろ》ける彼女に、匡士は手を貸す事はせず、前に立って三好の目線を遮った。

「三好花也さん。あなたは紅田祝子さんの家からこのグラスを持ち出しましたね」

ゴブレットを表示したスマートフォンの画面が煌々《こうこう》と光っている。

「二人が恋人同士でも、仮に血縁関係だったとしても、所有者の許可なく所有権を脅かした場合、窃盗の罪に問う事が出来ます」

三好が蒼白《そうはく》になって黒川を見る。黒川は彼の関節を固めて微動だにしない。

「俺には正当な事情があります」

「窃盗はどう転んでも正義にはならない」

「いいえ。聞いて下さい。俺は真剣に交際しているつもりでした。実家のお母さんが病気になったと言われて金銭援助もしました。でも急に連絡が取れなくなって」

三好の訴えは、匡士らも摑んでいる情報だろう。しかも、今回が初めてではない。

「彼女は結婚詐欺師です。俺は被害者です」

祝子の非と罪を捲《まく》し立てて、三好が肩で息をした。

空で瞬く星が美しければ美しいほど、地上の人間の醜悪さが残酷に映る。

「騙《だま》されたからやり返した」

匡士が端的に纏《まと》めると、三好が不服そうに憤りを声音に乗せる。

「幼稚な仕返しの様に言わないで下さい。俺は損失を補塡《ほてん》した。慰謝料です」

陽人も、祝子が詐欺師だと匡士から聞いた直後は賠償目的の線を疑った。

だが、その前提で一人ずつの行動を追って考えると矛盾が生じる。

「あのー」

陽人が割り込むと、場の空気が苛立《いらだ》たしげに波打った。ディーラー同士の会話に加わる要領で、明るく穏やかに努めたのが場違いだったのかもしれないが、やり直す訳にもいかないので陽人は押し通す事にした。

「少し、いいですか？」

「口を挟むのは遠慮して貰《もら》えますか、骨董《こっとう》店さん」

「骨董店だから挟みたい口があるのです」

黒川の余所《よそ》よそしい物言いを転用する陽人に、刑事二人で目配《めくば》せを交わす。匡士の後押しは黒川から猶予を引き出してくれた。

「手短に話して下さい」

「ありがとうございます。それでは、三好さん？」

三好が分厚い身体で身構える。陽人は祝子を一瞥《いちべつ》してから問いを発した。

「支援した治療費の額を伺っても？」

「二百五十万円ほどです。入院の際に個室に入れるよう手配しました」

「では、あのグラス——正しくはゴブレットと言いますが、あれに同等の価値があると思いますか？」

「ええまあ、それなりに」

先程までの威勢とは打って変わって、三好がしどろもどろに答えをはぐらかす。

きちんと説明した方が良さそうだ。陽人は普段通り、にこりと微笑んだ。

「ガラス製品は破損し易く、状態の良い品の文化的価値は非常に高い。一方で、恐ろしく高価かと言うと、十八世紀の骨董品なら主に五万円から百万円の間で取引されます。紅田さんの所有するゴブレットは二十一世紀に入ってから作られた物です」

「だから何ですか。俺は祝子さんに話を聞いて、高いに違いないと思っただけです」

「所有者御本人から」

「とても貴重な宝だと聞かされていました」

「成程、ありがとうございます」

「……何のお礼ですか」

三好が不気味がるように後退《あとじさ》りする。陽人が微笑みを絶やす理由はない。

「先輩。だそうです」

「そこまでやったなら、最後まで自分で言えよ」

匡士が険のある言い方をしたが、骨董品店が請け負うのは骨董品の話までだ。匡士が億劫《おっくう》そうに溜息《ためいき》を吐いて、俯《うつむ》いた姿勢から三好を見上げた。

「慰謝料が目的だったら紅田さんを訴えるのが一般的でしょう。ところが、あなたは窃盗罪で捕まるリスクを犯してでもグラスを盗み、売却しようともしなかった。盗んだ目的が金銭ではないからです」

一人一人の行動と意図を辿《たど》って矛盾を消した後に真実は現れる。

「あなたは、紅田さんが大切にしていたからグラスを奪った。あなたを犯罪に走らせたのは倫理的な正義ではなく、感情的な復讐《ふくしゅう》心です」

「復讐」

呟《つぶや》いたかと思うと、三好の身を固めていた虚勢が剝《は》がれ落ちる。彼はまるで憑《つ》き物が落ちたような顔をして、泳ぐ目で祝子の姿を探した。

匡士の後ろで縮こまる彼女と目が合った。

「祝子さん。君は俺を裏切った。俺の尊厳を踏み躙《にじ》った」

溢《あふ》れ出す赤裸々な感情が奔流となって聞く者を呑《の》み込もうとする。

「俺は本気だったのに。君に笑って貰えるなら、人生を投げ出しても恐ろしくなかったのに。君が！　君がいれば俺は！」

「ごめんなさい」

祝子が頭を抱えて蹲《うずくま》る。彼女は怯《おび》えきった子供みたいに丸くなって、前後に身体を揺すった。

「ごめんなさい、ごめんなさい」

「どうして謝るんだよ……詐欺師なら、大金を騙し取って高笑いしてろよ」

三好の喉《のど》が掠《かす》れて、嗄《しわが》れた声を絞り出した。

「紅田祝子さん宅への侵入に関して、三好花也さん、署まで御同行頂けますか？　これは任意での事情聴取で、あなたには断る権利があります」

黒川が冷徹に任務を遂行する。

「行きます。罪を、認めます。グラスはアパートの冷蔵庫の中です」

三好が深く項垂《うなだ》れて、全てを諦《あきら》めた。

7

ロープを弛《ゆる》めるとテントが無惨に潰《つぶ》れて夜風にはためく。

匡士と黒川が三好を連行した後のキャンプ場は、何事もなかったかのように穏やかな月夜に満たされた。実際、テント間は充分に距離があったから、話し声は聞こえても内容までは聞き取れなかっただろう。

陽人が地面に固定したペグを抜くのに難儀していると、祝子が横に座って、専用のリムーバーをペグの穴に通した。

「ありがとうございます」

「いえ、三好が前に使っているのを見たので」

祝子は笑い返そうとしたようだった。が、その顔はひどく疲れていて、すぐに暗く沈んでしまった。

「ごめんなさい」

「どうして僕に謝るのです？」

「巻き込んだから……私の悪い癖に」

癖とは妙な言い方をする。

聞き倦《あぐ》ねる陽人から目を逸《そ》らして、祝子がペグを抜いた。

「優しくして貰って、好きになって、お付き合いをするまでは何歳になっても少女漫画の主人公みたいにふわふわドキドキします。でも結局、不安に勝てません」

「変化を拒む恐怖とは違うように聞こえます」

関係が安定して穏やかになる状態を停滞と錯覚する人間も多いが、祝子からは不安という単語では言い表せない焦燥感を覚える。

ランタンに風で飛ばされてきた蛾が纏わりついて、光が不規則に瞬いた。

「私の中にある愛情は本物だろうか、いつまで続くのだろうかと。疑心暗鬼が日増しに肥大化して、結婚の話題が出る頃にはどうにも抑えきれなくなるんです」

「……警察と会う時は慎重に自宅を伏せた人が、詐欺を仕掛ける相手に自宅を教えるとは思えません」

三好は祝子との付き合いを真剣だったと嘆いた。

祝子も、真剣だった。

「初めは本気で、結婚を考えていたから援助も受けて、冷めたから別れた。された方から見れば詐欺と変わりないです」

これまで不起訴だったのも道理だ。しかし回数を重ねる内、遠からず彼女の故意を疑う者も現れる。現に警察には彼女を詐欺師と警戒する記録があった。

「本職のディーラーがあのゴブレットを見ても、犯罪に手を染めてまで得る価値があるとは考えません。一般の方には尚《なお》の事、単なるグラスに見えるでしょう」

「はい」

「窃盗犯はあなたに近しい人物、お父様の『世界にひとつだけ』という言葉を聞いた人に絞られます」

「結婚詐欺の被害者ですけど」

自嘲《じちょう》する彼女の笑みは何処か投げ遣《や》りだ。

嘘の愛情、偽物の恋人。

また、現実と矛盾している。

「あなたはゴブレットを取り戻したかった」

陽人は彼女の手からリムーバーを譲り受け、鉤《かぎ》の先端をペグに引っかけた。

「けれど、被害届を出せば彼が逮捕される。被害額が低ければ罪は軽くなるのだろうか。警察に相談したものの、鑑定士が呼ばれて真実が現実に迫った」

「真実が現実に……」

「お父様の言葉が嘘になるかもしれない」

鑑定士として、寂しい顔を見るのは慣れている。鑑定が望む結果でなかった時、依頼者は夢見る瞳《ひとみ》を翳《かげ》らせて失意を持て余す。

ゴブレットが安物だとしたら、三好の罪は軽く済む。

ゴブレットが高価でなければ、父親の愛は嘘になる。

板挟みで悩んだ祝子は、鑑定を聞かずにゴブレットを取り戻す方法を選んだ。

「三好のアパートを訪ねた時、あなたは直談判をするつもりだったのでは？　自然公園に来る間に気が変わったのでしょうか」

祝子が意味もなく、風を含んだテントを押さえた。

「悪い考えを思い付いたんです。アパートに侵入するのは無理ですが、テントはカッターで切る事が出来ます。三好の鍵《かぎ》を盗もうとして失敗しました」

「シィ」

陽人は咄嗟《とっさ》に人差し指を唇の前に立てた。

長身の影が丘に上がって来る。彼はキャンプ場の中央を脇目も振らず直進して、地面に転がるスチールのカップを拾い上げた。

「後片付け、任せて悪い」

匡士がロープを掴《つか》んで、残りのペグを素手で引き抜く。

「先輩はこっちに来ていいの？」

「元々、所持品の回収は警察の仕事だ。あと、これも」

彼が上体を捻《ひね》って、肩から掛けたニュースペーパーバッグを前に回す。中から取り出されたのは両手に収まる大きさの化粧箱だ。

祝子の双眸《そうぼう》がランタンの光を受けて感情の色を差す。

「証拠品の返却は後日になりますので、一目無事をお見せしておきます」

匡士が金具を外して箱を開けた。

陽人は立ち上がって、漸《ようや》く実物のゴブレットと対面した。

左右対称の形状が美しい。ランタンの明かりを当てると微《かす》かにくすんで緑がかっている。新しいガラスは透明度が高く、時代や経年に応じて色味が差す。復刻品だから、敢《あ》えて鉛クリスタルで当時の色合いを再現したのだろう。

表面にクリズリング――罅《ひび》や傷痕《きずあと》は見られない。これも新しい証拠だ。

水を注ぐボウルを支えるステムはバラスター形に分類される、一七〇〇年代前半に流行したデザインの特徴があった。

「偽物でしたね」

祝子がゴブレットを見つめて、迫《せ》り上がる呼吸を押し止《とど》めるように唇を固く結んだ。ランタンが風に揺れ、ガラス細工に光が散る。

「母は父を恨んでいましたが、私には優しい父でした。母に父の愚痴を聞かされる度、父の私への愛情も嘘だったんだろうかと過去を否定されるのが辛《つら》くて、母とも距離を置いて……両親どちらに対しても薄情な娘です」

「人の感情で引き算は出来ない。紅田さん自身が言った事です」

匡士が宥《なだ》める。

甘い言葉を囁《ささや》いても暴言は帳消しにならない。酷《ひど》い仕打ちを受けても愛情を否定出来ない。正反対の感情が同居するから、人の心は引き裂かれるように苦しめられる。

祝子が頭を振った。

「『王様の秘密の杯だ。世界にひとつの特別だぞ』『祝子も大切な世界に一人だけ。注いでも注いでも溢《あふ》れてなくならない、お父さんから祝子への愛の証《あかし》だ』。ゴブレットは骨董《こっとう》じゃなく量産品の偽物、父の言葉は嘘でした」

テントが空気を含んでたたみ難《にく》い。陽人は細長く折ったテントを膝《ひざ》で押さえて平たくし、ロールケーキの様に端から巻いた。

「真偽が全てではありません」

縫い付けられたゴムで留める。ペグを束ねてファスナー付きの袋に入れると、三好の荷物はすっかりリュックに収まった。

「鑑定士とは思えない発言ですね。慰めて下さらなくて大丈夫です」

「お客様のメンタルケアは鑑定士の仕事には含まれません。どのような鑑定結果でも、真実に徹しなければ信用を失います」

陽人はジャケットのポケットからペンライトを引き出した。

祝子が怪訝《けげん》がる眼差《まなざ》しで見守る中、陽人は匡士の持つ化粧箱の前に立った。

「こちらのゴブレットには、オリジナルと異なる作品名が付けられています」

明確な意思を宿し、精巧に写し取られた複製品。

「『ガレット・デ・ロワ』」

「お菓子の名前？」

「はい。新年、公現祭に食べるフランスの焼き菓子です。コインサイズの豆人形《フェーブ》を入れて焼き、食べた一切れに入っていた人には幸福が訪れると言われています」

陽人は左手に白い手袋を嵌《は》めて、匡士と目線を合わせた。

「先輩、絶対に箱を動かさないでね」

「お、おう」

匡士が俄《にわ》かに緊張して肩肘《ひじ》を張る。

陽人はペンライトのスイッチを入れ、ゴブレットを手に取った。

「ガラスの屈折率は1・4から2・1、ダイヤモンドは2・4」

陽人は夜闇を背景に据えて、ノッブを通る光に目を凝らした。

涙型のノッブにペンライトの光を当てる。詳細な鑑定は設備の整った研究室に依頼しなければならない。

けれど、海星はゴブレットの妖精《ようせい》には秘密があると言った。

『分かった』

彼は海の底から上がってきたかのように、毛布から顔を出して呼吸をした。

『兄さん、妖精はガラスに隠された何かを守って息を潜めている』

陽人がペンライトを僅《わず》かに傾けると、涙の中心で光が曲がったように見えた。

「英国貴族は遊び心を加えました。当時、ゴブレットの製作を請け負った工房に尋ねたところ、百脚余りの内ひとつにだけ、ダイヤモンドを沈めたそうです」

陽人が不純物の確認として問い合わせると、工房はすぐ教えてくれた。日本に持ち込んだディーラーもこの事実を知っていたのだろう。

祝子が両手を喉元《のどもと》に当て、茫然《ぼうぜん》とする。

「幸運の豆人形……」

「割って取り出せばゴブレットとしての価値は消えます。また、ダイヤも小さく削られるでしょう。王様の秘密の杯は、秘められているからこそ美しい」

陽人は化粧箱の布張りの台にゴブレットを横たわらせた。一層、緊張する匡士に任せて、いつも通り、依頼人に微笑む。

「雨宮骨董店の名に於《お》いて、唯一無二の特別なゴブレットと鑑定致します」

祝子の頰を伝う涙が月光に煌《きら》めいて、流れ星の様だった。

8

鑑定書には上等な紙を使う事にしている。

時代が時代なら羊皮紙や木簡を用いただろう。コットンのみで漉《す》いた上質紙は、繊維のざらつきを残しながらもペン先が引っかかる事はない。

匡士が逞《たくま》しい体軀《たいく》を捻って細め、店の骨董品に触れないようにする。

海星はフェデラル様式のサイドチェアに臆《おく》する事なく腰かけて、天鵞絨《ビロード》張りのトレイに立たせたゴブレットに見入っている。

匡士は海星の背後を大きく迂回《うかい》して、コレクターケースの反対側に避難した。

「鑑定書って手書きなんだな」

「うちはね。最新の所有者と作品名はインクで書いて、二ページ目以降に来歴と資料を印刷している。でも、鑑定士の名も信憑性《しんぴょうせい》に関わるから、もっとベテランの人に書いて貰《もら》った方がいいと思うけどな」

「所有者の希望だ」

匡士が資料の束を手に取ってページを送る。来歴は短いが、屈折率の科学鑑定書類が嵩張《かさば》って、厚みを出していた。

「二人は罪に問われるのかな」

「紅田祝子は被害届を出さず借金の返済を約束して、三好花也も詐欺被害の訴えを取り下げた。刑事は窃盗と詐欺を個別に扱うが、民事裁判は案外プラマイゼロが有効だ。どの道、大事にはならないだろう」

「誤解が解けたから仲直りとはいかないか」

どんなに愛された記憶があっても、傷付けられた痛みは消えない。

陽人は所有者の文字に並べて彼女の名を記した。

匡士が腕組みをして本棚の柱に寄りかかる。

「紅田祝子は、母親を好きだからと言って傷付けられ続けてまで傍にいる義務はないし、父親の行いを軽蔑《けいべつ》して嫌おうと受けた愛情は消えてなくならない」

「うん」

「我が子を溺愛《できあい》する親だって、二十四時間三百六十五日子供が可愛い訳じゃないだろ。憎たらしくて声も聞きたくない時があっていいんだ。この世に完全な聖人と悪人しかいなかったら、刑事なんてやってられねえよ」

飽き飽きと吐き捨てながら、相反する感情を混同せずにいられる匡士の強さは、傍にいる者をも安心させる。

陽人は密《ひそ》かに笑みを浮かべて、作品名に『ガレット・デ・ロワ』と記した。

「海星、書き終わるよ。そろそろ箱に仕舞って」

「兄さん」

「まだ苦しそう？」

ダイヤモンドは今もガラスの海に沈んでいる。可哀想だが、壊して解放する事は出来ない。

ところが、海星は小さく首を振った。

「誇らしげだ」

「ゴブレットは何も変わっていないのに？」

陽人が不思議に思って尋ねると、海星はゴブレットの輝きを瞳《ひとみ》の奥に閉じ込める。

「見付けて欲しかった。大切に守っている物を、誰かに気付いて欲しかった。兄さんが光を当ててくれたからだよ」

陽人に妖精は見えないが、表情の乏しい海星が喜んでいるのは分かる。

「よかったな、お兄ちゃん」

匡士が口の端を上げる。

気高き騎士の様に悠然と直立するゴブレット。

ペンを走らせる音が耳に心地好《よ》い。陽人は鑑定書に署名をして、木製のブロッターでインクを押さえた。

第二話　ペディキュア箱

1

街に朝靄《あさもや》が立ち籠《こ》めている。

一定のリズムに保つ足音と石畳を蹴《け》る感触、一歩踏み出すごとにひんやりした空気を頰で感じる。

通りに面する化粧漆喰《スタッコ》の壁は異国情緒を漂わせ、窓枠に施した彫刻細工《モールディング》にも簡素ながら上品なこだわりが見られる。

格子窓《ラティスウインドウ》を分割する開き窓が更に小さな正方形に分割されているのは、大きなガラスを作る技術がなかった時代の名残だ。現代ではガラスを支える金属製の枠が鉄格子の役目を果たすので、防犯目的で重宝されている。

一階に店舗を構える建物は静まり返って、外階段で寛《くつろ》ぐ猫の姿もない。

夜明け間もない陽光はまだ路地までは届かず、見上げると屋根の間の細長い空だけが青く太陽の存在を教えていた。

匡士が幼い頃に思い描いていた海底都市はこんな風だった。

冷えて、静か、薄暗く、けれど何もかも透明感があり、水面がキラキラと明るい。流石に大通りは通行の妨げにならぬようランニングコースを通勤路に変えて正解だ。歩調を合わせなければならないが、あと数百メートルは海底を満喫出来る。

匡士が徐々に速度を落とそうと考えていた頃、左側前方で立ち尽くす人を見た。

深い茶色の木格子で出来たキャビネットウィンドウは、遮光ガラスを用いており、外観を暗く感じさせる。店を預かる長男の話では、ショーウィンドウの役割より商品の保護を優先した結果らしい。

陳列窓に合わせて上三分の二に格子窓を備えた扉には『閉店』の札が下がっている。開店時間にはまだ早い。匡士は腕時計を確かめて、店の手前で歩を弛《ゆる》めた。

「おはよう」

「本木先輩」

長閑《のどか》な声が振り返り、いつもの暢気《のんき》な笑顔がそれに続いた。

ゆったりしたカーディガンが空気を含んで陽人の体型を成人の平均値に近付ける。数値上は中肉中背のはずが、よく言えば軽やかに、言葉を選ばなければスナック菓子みたいに質量がなく思えるのは、彼が持つ独特な雰囲気の所為《せい》だろうか。柔らかな髪質もそれに一役買っているかもしれない。

誰にでも優しく誠実そうな笑顔で、高校時代は教師生徒共に彼を嫌う人はいなかった。おそらく大人になった今も変わらずだろう。

「おはようございます。早いね、先輩」

「昨日、上げ忘れた報告書を思い出して、ランニングの時間に出勤を繰り上げた」

「一石二鳥だ」

陽人がクスクスと笑う。

「そっちも早いな」

「そうだね。店の前で物音がした気がして」

匡士は眉間《みけん》を固くした。刑事のセンサーがひりつく。

陽人の方は微風ほどにも意に介した様子を見せず、身を屈《かが》めて軒下から木箱を抱え上げた。

炊飯器程度の大きさがある、白っぽい木製の箱だ。側面にウィスキーの絵と商品名が赤黒の二色で印刷されており、文字の掠《かす》れ具合や日焼けから年代物だと見て取れる。蓋《ふた》はされていない。

匡士が中を覗《のぞ》き込むと、骨董《こっとう》品と呼ぶにはお粗末な雑貨が放り込まれていた。

「壊れた目覚まし時計に錆《さ》びたハンガー……がらくたに見えるが」

「時々あるんだ。引っ越しで出てきた古い食器とか、判断が難しい不用品が持ち込まれる事」

陽人がさも日常みたいに言うので、匡士は警戒心で溜《た》めた声の勢いを陽人に向けて放ってしまった。

「判断じゃなくて分別だろ。ゴミ箱扱いされてるんだから怒れよ」

「詳しくない人はアンティークの基準を知らないと思うから、中古買い取り店と勘違いしても仕方ないよ」

「いいや、わざとだね」

匡士は厭世《えんせい》めかした溜息《ためいき》を吐いた。

「買い取りを断られるのが目に見えてるから、開店前に置き逃げしたんだ。リサイクルショップと混同してようが、ゴミだと思ってなければ買い取り依頼をしてる」

「説もあるねえ」

「説しかねえ」

店のゴミ箱に家庭ゴミを捨てる行為と同様に不法投棄に該当する犯罪だが、現行犯でなければ逮捕出来ない。今回の場合、ゴミでは持ち主を探し出す事も儘《まま》ならない為だ。かと言って、拾得物として届けられても対処しきれない。拾得物保管所には刑事課とは全く違った苦労があるのだと、会計課の相沢《あいざわ》が嘆いていた。

「先輩、時間は？」

「そろそろ行く」

建物の上方に陽が差して、路地も明るくなり始める。

「酷《ひど》い時は通報するんだぞ。おれに直でいい」

「ありがと」

陽人に見送られて、匡士は大通りまでのラストスパートを軽く流した。

レトロな街並みを過ぎて駅前の近未来的な風景に切り替わる境界の、絶妙な立地に藤見警察署は本拠を構える。

ヴェネツィアのカ・レッツォーニコをオマージュした荘厳な建物は、納税者の心証を慮《おもんぱか》ってデザインが簡略化されているらしい。いずれにせよ、匡士にとってはただの職場である。

エントランス前に立派な通し柱が鎮座しようとも、半円アーチの開口部に洒落《しゃれ》た彫刻が隠れていようとも、歯飾りに縁取られたバルコニーが装飾を伴う窓枠を支えようとも、眠い目を擦《こす》りながら出勤する気分が高揚する事はなかった。

交通課の後輩が今月の事故件数を更新している。軽く挨拶《あいさつ》をして中に入ると、今度は会計課の相沢が拾得物の所有者と一緒になってはしゃいでいるのが見えた。生真面目そうな同僚も傍にいたので適当に制されるだろう。

黒く塗られた透かし細工の手摺《てす》りを辿《たど》って階段を上り、ピアノノービレの窓越しに明るい日差しを感じながら踊り場を過ぎて、刑事課に到着するや否や、黒川に廊下へ押し戻された。

「おはようございます」

「遅い。行くぞ」

今日も黒川の動作には無駄がない。

「通報ですか？」

「防犯指導の要請だ。檜台《ひのきだい》の菓子店は何度か行った事があるだろう」

「まだ朝礼前で……着替えと報告書も」

「引き継ぎは聞いた。報告書は勝手に机の上から回収した。着替えは三分間だけ待ってやる」

「うぃっす」

匡士はロッカールームで汗を拭《ふ》いてスーツに着替え、水分を補給し、同僚に一声かけてから黒川に合流した。

不機嫌な視線を返された。

2

三体の地蔵が五叉路《ごさろ》を見守っている。

トタン屋根を担ぐ木材の柱は経年で傾いて、束石には雨に穿《うが》たれたへこみがある。汚れが沈着した湯呑《ゆの》みの湛《たた》える水は新しく、色とりどりの干菓子が供えられている。

コンクリートが割れて砂利道の様な踏み心地だ。五叉路の一本は林に、一本は畑に、一本はスクールゾーンに、一本は公園に向かう。残る一本は匡士らが歩いて来た街への道である。

小学校までの道のりは公園と住宅地が続くが、その入り口近く、まだ建物が疎《まば》らな辺りに店は立っていた。

コンパクトな平屋だ。昭和時代に建てられたのだろう。モルタルの外壁が既にノスタルジックな雰囲気を醸し出すが、店構えは昭和を知らない匡士の胸にも懐かしさが去来した。

屋根の上に掲げた『ヒノキ商店』の看板は黄ばんで、文字のペンキが所々削れている。隣り合う菓子と飲料のブリキ看板が広告する商品は既に生産終了したはずだ。

軒先に硬貨で遊べるレトロゲームとホットドッグの自動販売機が並ぶ。機体に錆《さび》が浮いて見えるものの、ランプは点灯しており、現役で稼働しているらしい。氷菓専用の冷凍庫が突然、ドスの利いた唸《うな》りを上げて、黒川を横っ飛びで後退《あとじさ》りさせる。

彼女は赤いベンチの前に着地して、怒ったような顔で振り向いた。

「何だ」

捜査三課イチのクールさで知られた黒川である。匡士は上司の顔を立てて見なかった態《てい》を装った。

「今日はいつもの眼鏡なんですね」

「ああ」

黒川が拍子抜けした風にフレームに触れる。

「変えたい日もあれば、変化が鬱陶《うっとう》しく感じる日もある。他人のイメージに合わせて統一する義務は私にはない」

「人間は多面的ですからね」

人に限らず、物事の一面しか見ない刑事は犯人に出し抜かれるだろう。

「そもそも先日の眼鏡は、二本目を作ろうと思っていた時に知り合いに勧められて選んだだけだ。眼鏡が何色でも仕事に支障はない」

冷凍庫の音に驚いて飛び退っても然り。とは口に出さないで、匡士は黒川の開けた引き戸を引き継いで押さえ、頭を屈めて店内に入った。

細長い外観に対して店の奥行きが非常に短い。店をレジ側と商品棚側に分けるガラスケースには練り切りの和菓子が似合いそうな朱塗りの盆が並ぶが、陳列されているのは当たりくじ付きの菓子やおもちゃだ。

店内中央は腿《もも》の高さほどの台が占拠して、バラ売りの駄菓子がこれでもかと言うほど詰め込まれて置いてある。壁に備え付けの棚には比較的値段の高い、スナック菓子の大袋、箱入りのチョコレート菓子、知育菓子などが大きく幅を取っていた。

「お邪魔します。藤見警察署の黒川です」

「あいよ、黒川刑事さん。お疲《ひ》れ様」

ガラスケースの上に黒髪が殆《ほとん》ど消えたグレーのショートヘアが突き出して、一度下がってから身体ごと立ち上がる。ヒノキ商店の店主だ。彼女はケースを迂回《うかい》して、座面に穴の空いた丸椅子を二つ運んで来た。

「こんにちは、キーちゃん。アイス食べるべ？」

「勤務が終わったらね」

店主が匡士に付けた愛称は確実に黒川の影響だ。

「キキ、奥に行け」

「へーい」

黒川に急《せ》かされて、匡士は壁側の椅子に座ろうとした。

その、下ろしかけた腰の下に人の足がある。既に誰か腰かけている。いつの間に。

「うおっ」

危《あや》うく人の膝《ひざ》に座るところだった。匡士はハムストリングスに全力を籠《こ》めて中腰で踏み止まった。

坊主頭の男性が老眼鏡を鼻の頭にずらして匡士を睨《ね》め上げた。

「どちらさん？」

「はっ……」

お前こそ誰だと訊《き》かなかったのは匡士なりの大人の自覚に依《よ》る。脚の高さが不揃いで、椅子がカタカタ鳴った。

「聖《ひじり》さん。見回りのお巡りさんだよ」

「これはこれは、御苦労様です」

男性は途端に態度を軟化させて、そそくさと椅子を譲る。

匡士がヒノキ商店を訪れる機会は前にもあったが、彼と会ったのは今日が初めてだ。対応を決めかねていると、黒川が密《ひそ》やかに腕を引いた。

「店主の夫だ。去年、認知症と診断されて以来、普段は表に出て来ない」

「理解しました」

店主との会話から推察するに、店を継ぐより以前に記憶が遡《さかのぼ》っているようだ。店主が手伝いの雇用人を名乗って、男性を店の裏手の住居に誘導する。

「大旦那さんに頼まれたんでしょ。帰って来るまで聖さんが留守番なんだから」

「そうかあ」

男性はぼんやりと了承を示して、引き戸の向こうに引っ込んだ。

「悪いね」

店主が草臥《くたび》れたとばかりに右の拳《こぶし》で左肩を叩《たた》く。黒川が顎《あご》をしゃくって急かすので、匡士は深くは尋ねずに丸椅子に腰を下ろした。

「本日は防犯指導との事で。急を要する問題が発生したのでしょうか？」

「それがよお、増えてんのよ。菓子が」

「はい？」

「酢昆布、食べっかい？　黒川刑事さん」

店主が天井から吊《つ》り下げたシートから昆布菓子の箱を剝《は》がして取る。

「いえ、結構です」

黒川が困惑と辞退で手一杯になった様子だったので、匡士が一旦《いったん》、話を引き継いだ。

「盗まれたなら分かるけど、増えたってどういう事？」

「どうと訊かれても、言葉通りの意味しかねえべさ。ほら、壁の棚にでっかめの菓子があんでしょう」

「ありますね。チョコチップクッキー、バターサブレ、ミルクビスケット」

客に子供が多い駄菓子店では主力とは言い難い商品群と思われる。

「何日か前に店を閉めようとしたら箱が落ちててよ、溢《あふ》れっちまったかなって直したんだけども。その時も棚に入らねえなあとは思ってたんだ」

店主が昆布菓子を吊り下げシートの粘着パッドに貼り付けて戻した。

黒川の視線が壁の棚で折り返して、店主を捉《とら》える。

「その日が偶々《たまたま》、いつもより多く陳列していたという事は？」

「ないね。毎日の終わりに、減った分の菓子を補充しておくんだ。多くも少なくもなく、毎日ぴったり同じ」

店主の断言には自信が漲《みなぎ》って一分の隙もない。

「帳簿などで在庫を確認しましたか？」

「そういうのは付けてねえの。年寄りの道楽だし、仕入れは納品書があるけど出てく方はよ。この量だべ？　賞味期限切れのを弾《はじ》くので精一杯」

「だから万引きされるんです」

黒川が肩を落とす。春の防犯キャンペーンでは管轄内に声かけを行うのも藤見署の仕事だが、ヒノキ商店は注意しても暖簾《のれん》に腕押しで警戒が甘い。

防犯指導を求める連絡が来たと聞いた時は、匡士も遂《つい》にヒノキ商店が重い腰を上げたと思ったがまさかである。

黒川が立ち上がり、店主の肩に手を添えて彼女を丸椅子に座らせる。それから身を屈めて、真剣な顔で店主と膝を突き合わせた。

「他に異常は？」

「何も。でもな、何回もあると気味が悪いべ」

匡士と黒川の間で空気が張り詰める。明らかに異常だ。

「覚えている限り教えて下さい」

「気になり出したのは三日前だなあ。違う菓子の所に二つも三つも逸《はぐ》れて置いてあるんだ。だからって、同じ菓子の場所には入る隙間がないんだから困っちまってよ」

「その異変は今も続いていますか？」

「今日は分かんね。昨日と一昨日《おととい》はあった。増えた菓子を見っかい？」

「是非」

黒川と匡士が同時に返事をすると、店主はガラスケースに手を突いて立ち上がり、レジの奥のガラス戸を開ける。引き戸の先は土間と一続きの廊下が通っており、左右に縁台が置かれて、またガラス障子で仕切られている。

店主が縁台に膝を立ててガラス障子を開ける。彼女が座敷に身を乗り出したかと思うと、畳の上で重い物を引き摺《ず》る音が聞こえたので、匡士は手伝いに腰を上げた。

「おれが運ぶ」

「年寄り扱いするんじゃないよ。年寄りだけども」

「何歳でも男でも女でも、腕力のある方が力仕事をするのが効率的だろ」

「筋肉自慢じゃ仕方ないね。存分にしな」

「あー、嬉《うれ》しい」

匡士は普段通りのいい加減な返事をしたが、箱を持つ腕は粟立《あわだ》っていた。段ボール箱の中にクッキーやチョコレートのパッケージが積み重なっている。店主の勘違いで済ますには多過ぎる量だ。

触れてみると、感触がある。質量がある。

匡士は段ボール箱を自分が座っていた丸椅子に置いた。黒川が慎重に白い手袋を付けて、菓子箱をひとつ取り上げた。

「封は開いていない、賞味期限は半年以上先」

「黒川さん」

「分かっている」

黒川が匡士に目線で指示を送る。匡士は頷《うなず》いて壁側の棚に移動した。

「こちらの菓子と、同種のものをお預かりさせて下さい。鑑識で調べて貰《もら》います」

「鑑識ってドラマで殺人事件の現場に来る人だろ」

「それも一例ですね。安全検査の様なものと考えて頂きたいです」

食品類で真っ先に疑うべきは毒物の混入だ。

海外からの旅行客は日本の菓子の個包装に驚く事がある。サービス精神だと褒める人もいれば、過剰包装だと呆《あき》れる人もいるが、犯罪の歴史を遡れば誰もが納得するだろう。

昭和時代、日本国内で市販菓子に毒物が混入される凶悪事件が起きた。菓子メーカーは包装の強化との関連性を否定するが、消費者の安心に一役買った事は疑うべくもない。

各家庭の平均人数減少に応じて小分けの中袋は好まれ、発祥は曖昧《あいまい》になりながらも食品の個包装は文化として定着したと言えるだろう。

そういった過去を鑑《かんが》みれば、大袈裟《おおげさ》と眉《まゆ》を顰《ひそ》められようと警察は捜査を行わない訳にはいかない。棚の並びを入れ替えられた可能性を危惧《きぐ》して、パッケージが同じ商品も捜査対象とすべきだ。

「持っていくのは構わないけど、検査して貰うほどのもんかい？　前みたいに置き方の相談に乗ってくれるだけで有り難いよ」

「お店と、お店に来る子供達の安全の為です」

「そう言うんじゃあ……」

黒川に説得されて、店主が遠慮がちに了承した。

「キキ。箱詰めを頼んだ。私は車を呼ぶ」

「了解です。店主、余った段ボールはありますか？」

「ちょっとばっかし待ってな。大きい方がいいべ」

店主が和室に上がる。匡士はスーツのジャケットを脱ぎ、ネクタイの先を丸めて胸ポケットに入れた。念の為に白い手袋もしておく。

匡士は既に回収された菓子を段ボールの中で均《なら》す作業から始めた。ついでに種類も確認しておく。菓子はどれも箱入りの店内では高価な部類で、中央の平台に積まれている安価の駄菓子はない。

(三課《うち》はここまでかもな)

匡士は薄らと後の事を考えた。捜査三課は窃盗事件の担当だ。増えるのはまるで逆で、傷害目的の事件は捜査一課に引き渡しとなる。

(これを倒せば蓋《ふた》が閉じられそうだ)

匡士は黄色のバターサブレの箱を回転させようとして、箱の底部分に目を留めた。

「土？」

棚から落ちた時に付着したのだろうか。

菓子箱の角がほんの少し、泥で汚れていた。

＊

山萩に紅紫色の花が咲く。

狭い庭は手入れも楽かと思いきや、少し目を離すと秋草が逞《たくま》しく生い茂るので放置も出来ない。陽人は刈った草をゴミ袋に纏《まと》めてサンルームの外角に置いた。

玄関に接して建てられたガラス張りの小部屋は構造的に風除室を兼ねており、物干し台とビーチチェア二脚が設置されて、太陽の恩恵を余さず受ける事が出来た。

ドラム式洗濯機が洗いを終え、乾燥を始める。

陽人はビーチチェアで一休みして、ミニテーブルに置いた木箱を引き寄せた。

アンティークの基準は、製造から百年が経っている事と価値がある事だ。百年に満たない高価な物はヴィンテージと呼ばれる。

経過年数に拘《かかわ》らず売買に値しない物は古道具、ブロカント、ラビッシュなど呼び方は様々だが、処分する際には総じてゴミとして扱われた。

今朝、店前に捨て置かれた木箱の中身も不用品と言わざるを得ない。この世の誰かには必要とされるとしても、雨宮骨董《こっとう》店で買い取るのは難しい。

「分別しないと」

陽人は地面に新聞紙を広げた。

「兄さん。俺の毛布がない」

玄関の扉を細く開いた隙間から海星の顔が半分だけ覗《のぞ》く。陽人は微笑ましい気持ちになって、笑顔で手招きをした。

「すぐ乾くよ。おいで」

「……何をしているの？」

「発掘作業」

「店の前に捨てられた箱の」

「そう」

木箱の中身をひとつずつ取り出す。

針が一本もない目覚まし時計。フックが折れた木製のハンガー。茎の針金が剝《む》き出しになった造花。籐《とう》編みの籠《かご》に覆われた花瓶。

燃えるゴミと燃えないゴミの両方が含まれ、道具を持て余した印象を受ける。

「ペンチとニッパーと、軍手」

陽人は割れたテニスボールの残骸《ざんがい》を新聞紙の上に置き、分解に必要な物を声で並べて頭にメモした。

洗濯機が高いビープ音をくり返して動きを止める。乾燥が終了した合図だ。

「海星。毛布の洗濯、終わったよ」

「うん」

海星は答えたが、足は洗濯機へ向かわず、陽人に並んでビーチチェアに腰を下ろす。

彼は木箱の上に首を伸ばして、長い前髪の下で瞬《まばた》きをした。

「可愛い妖精《ようせい》がいる」

「！」

陽人は海星に可愛いという分類の感性がある事に感動して、それから木箱に残った物を見た。

海星が指を差す。

破れたバスタオルの上に、楕円《だえん》形の革張りの箱が横たわっていた。

3

刑事課のミーティングルームに積み上げた菓子箱を、他課の刑事が好奇の眼差《まなざ》しで眺めてくる。

黒川は鑑識課への電話を切った後、自身のパソコンを開いた。

「盗難届が出ていないか確認する」

「余所《よそ》で盗ってヒノキ商店でリリースって意味不明ですね」

「念の為だ。キキは遺失届出書を洗ってくれ」

誰かが落とした菓子を、誰かが拾って、ヒノキ商店の物だと思って返した。拾得場所が店の前であればあり得なくもないかもしれない。

(泥も付いてた)

それでも連日は奇妙《おか》しいが。

「行ってきます」

匡士は黒川の背中に一声かけて、一階のエントランスホールに下りた。

エントランスホールは市民に開かれている。市役所や銀行に近い形態で、運転免許証の更新など各種手続きを受け付ける為だ。

拾得物保管所もここの右隅にあった。

「お疲れ様です」

匡士は窓口の側面に廻《まわ》り、ノックと同時に扉を開けた。

室内に限界までスチールラックが設置されている。プラスチック製の籠に日付を書いたタグを結び、棚の一つはファイルが詰め込まれて下敷きを差し込む隙間もない。

棚に占拠された為さほど広くない事務室では二人の警察官が書類仕事をしていた。二人共がこちらを振り向いたが、手前の席に座る細身の方が匡士の顔を見てすぐ笑顔になった。

「キキさん。お疲れ様でーす」

拾得物とゴミの混在を嘆いていた、会計課の相沢その人である。

黒川の所為《せい》で本木の名字を正しく読まない人間が増えてしまったようだ。匡士は訂正する熱意もなかったので、そのまま後ろ手で扉を閉めた。

相沢が挨拶《あいさつ》をする後ろで、もう一人の警察官が会釈をする。

「お疲れ様です」

「犬江《いぬえ》、この人が前に話した刑事課の人だよ。あの人形の時に」

「ああ……」

愛想の良い相沢が笑顔を全て吸い取ったみたいだ。犬江が物憂げに瞼《まぶた》を伏せて立ち上がる。痩身《そうしん》が背の高さを強調するようだ。毛先まで整えた髪にこだわりを感じる。アンニュイな面差しとは裏腹に、蛍光グリーンのスニーカーが派手で目に付いた。

「初めまして。会計課の犬江です」

「どうも」

匡士が万能の挨拶を返すと、一人、元気の溢《あふ》れた相沢が切ったばかりらしい短い髪をぴょこんぴょこんと撥《は》ね上げる。

「何、クールぶってんだよ、犬江」

「いや、いつも通りだけど」

「もー！　最初からフルスロットルで行けば友達増えるって言ってるじゃん。ほら、アイスブレイク。ふじみん」

相沢が地団駄を踏む。

ふじみんとは藤見署のマスコットキャラだ。鶏にしか見えないが、デザインのモデルは不死鳥だと広報課からしつこく聞かされている。

それが犬江と何の関係があるのだろう。匡士が彼を見た瞬間、

「ジミフッ！」

犬江が謎の奇声を発した。呆気《あっけ》に取られる匡士を余所に、相沢が手を叩《たた》いて喜んだ。

「鳴き声が非公式過ぎる。ジミフッて、バケのモンじゃん」

「今日、オレ、調子いい」

「お前はいつでもお調子いいよ」

「ジミフッ！」

「うはははは、連発やめろ。腹筋死ぬ」

どうやら犬江はふじみんの物真似を披露したらしい。彼は奇声を上げた本人とは思えないほど澄ました顔で相沢の大笑いを見守って、波が去った頃合いにダメ押しの奇声を上げた。相沢の笑い声が裏返った。

派手なスニーカーを意外だと思った匡士の方が見る目が浅かった。

「犬江さん」

「はい」

「だいぶ好き」

匡士が親指を立てて見せると、犬江は物憂げな顔で力強く親指を立ててみせた。

「はー、最高。それで、キキさんの用件って何でしたっけ？」

相沢が眦《まなじり》の涙を指で拭《ぬぐ》う。

匡士はスマートフォンを取り出して、回収した菓子箱の写真を二人に見せた。

「遺失届が来てないか確認したい」

「お菓子？」

素《す》っ頓狂《とんきょう》な声も止むなしだが、それにしても相沢は表情豊かだ。歌舞伎の見得並みに顔を歪《ゆが》めた彼の隣で、犬江が速やかにマウスを操作した。

「検索を掛けてみます。拾得した場所はどの辺りですか？」

「檜台。ここ二、三日だ」

「あ、ダブスタ稲荷《いなり》がある所ですね」

相沢がしたり顔で笑う。犬江のキーボードを叩く音が匡士の意識から吹き飛んだ。

「ダブルスタンダード稲荷？　捨てる神あれば拾う神あり、みたいな事？」

匡士の脳裏に過《よぎ》ったのは今朝の陽人だ。遅れて、彼はゴミを拾わされたのだと自己修正が入る。

相沢が人差し指を左右に振った。

「ダブルステイタスです。檜台に公園があるでしょ」

「五叉路《ごさろ》の？」

「そうそう、そこです。甥《おい》に聞いたんですけど、隅っこに小《ち》っちゃなお稲荷さんが建ってて、お祈りすると倍になる御利益があるんですって。学力とか、財産とか」

「知らなかったな。銭洗弁財天の分社か？」

「さあ。聞いた事ないですね」

地元でも鳥居の奥を見た事がないような小さな神社は多い。匡士は首を左に傾けて天井を見上げ、右に傾けて視線を落とし、手首を捻《ひね》ってスマートフォンの画面を見た。

（そんな馬鹿な）

思いながら、訊《き》いてみる事にした。

「物は倍になったり……」

「物理は流石に無理でしょう。一円を元手に百回通ったら大金持ちです」

「だよなあ」

それに、菓子が増えたのは神社ではなく菓子店である。

「財産はある意味、物理では？」

「確かに」

犬江の指摘に相沢が得心するが、土地や車が二倍になる訳ではないだろう。

「キキさん、検索結果ゼロ件です」

犬江がマウスから手を離す。また一人増えてしまった。匡士は犬江に目礼を返してスマートフォンの画面を閉じようとした。

「あ、電話。雨宮さんだ」

相沢が画面を見て、うっかりという風に自ら顔を覆って天を仰ぐ。

「すみません！　プライバシーの侵害やらかしました」

「いいよ、これくらい」

匡士が笑って手を振ると、相沢が両手を合わせて小刻みにお辞儀をくり返す。

「ありがとう」

匡士は着信を一時保留して礼を言い、拾得物保管所を後にした。

「前に話しただろ。雨宮さん、あの人形の時の」

「ああ」

さっきも聞いたような会話を閉まる扉が断ち切った。

匡士はエントランスホールから外に出て、円柱の陰で着信に応じた。

「陽人。電話なんて珍しいな」

「仕事中にごめんね、先輩」

珍しいどころか、勤務時間中に陽人が電話をして来たのは初めてではないだろうか。

「どうした？」

匡士の喉《のど》が収縮して声が出し難《にく》い。

警察署を出入りする人の足音、話し声、車のエンジン音。それらを遠ざけて、陽人の微《かす》かな逡巡《しゅんじゅん》が匡士の聴覚を鷲掴《わしづか》みにした。

「今朝の木箱にね、入っていたんだ」

「何が」

「ゴミではない物」

匡士の背骨に悪寒が這《は》い上がる。寒気がぞわぞわと絡み付き、神経を締め上げる。

「百年以上前に作られたアンティークで間違いない」

陽人の声が聞こえなくなると、周囲の雑音が匡士の鼓膜に一気に押し寄せた。

4

サンルームのビーチチェアの上に巨大なモンブランが蹲《うずくま》っている。頭から毛布に包《くる》まって三角座りをする海星だ。

彼は匡士の顔を見ると、玄関を指差した。

「兄さんは応接室」

顔の下半分が毛布に埋もれていて声が籠《こも》って聞こえる。

匡士は躊躇《ためら》いと疑いの中間で歩を渋った。

「海星」

「うん？」

これを、陽人以外が訊いてもいいのだろうか。親指で顳顬《こめかみ》を押す。

「妖精《ようせい》はいたか？」

「うん。可愛い妖精達が輪を作ってた」

海星は躊躇いの欠片《かけら》もなく、夢現《ゆめうつつ》に揺蕩《たゆた》うように答えて膝《ひざ》に頭を寄りかからせた。

玄関に鍵《かぎ》は掛けられていない。匡士がドアノブを回すと蝶番《ちょうつがい》が滑らかに動き、ひんやりとした廊下が現れる。左右に並ぶ引き戸はどれも飾り気がなく重厚だ。一階の部屋は殆《ほとん》どが倉庫だと聞いた事がある。

直進した突き当たりの引き戸は店に出る二重扉の一枚で、左側、階段の踊り場の下には手洗いの扉が潜んでいる。

そして、階段の向かい側、四つの小窓に色ガラスを嵌《は》めた扉が応接室だ。小窓は五センチ四方ほどしかなく、室内の様子を窺《うかが》う事は出来ない。

「陽人」

匡士が呼びかけて拳《こぶし》をノックの形にすると、扉を叩く前に陽人が顔を出した。

「本木先輩。入って、どうぞ」

「おう」

陽人に気負う雰囲気はなく、平素と変わらぬ朗らかな笑顔だ。匡士は安堵《あんど》した自分を空咳《からせき》で誤魔化して、応接室に入った。

丸テーブルに白いテーブルクロスが敷かれている。中央に天鵞絨《ビロード》張りのトレイが置かれ、その上に黒っぽい小箱が載せられていた。

匡士には何の変哲もない箱に見える。表面に張られた黒革は部分的に退色して、留め金は光沢を失っている。錆《さ》びていないのが不思議なくらいだ。

「祖父《じい》ちゃんのコンパスケースがこんなだったな」

「すごく近いと思うよ」

陽人が椅子に座って留め金を外す。手袋の白が黒革に映える。

水平まで開いた小箱は、内側に天鵞絨のクッションが張られており、幾つもの小さな道具が整然と収められていた。

形の異なるハサミが二本、ピンセット。篦《へら》の様な道具は全て鑢《やすり》だろうか。蓋《ふた》付きのケースと楕円《だえん》形のスイートポテトに似た形をした物もある。

「手術道具みたいだ」

「シルバープレートのペディキュア箱。爪磨きの道具箱だよ」

「百年も前にそんな物がある事に驚く」

匡士は対面の椅子に腰を下ろして、小箱の中身をまじまじと見た。

「ネイル技術は紀元前からあった」

「二千年前？」

「五千年」

「は……」

規模が大き過ぎて、匡士の声が舌の根で消える。陽人がハサミの輪郭をなぞった。

「紀元前三〇〇〇年より以前に、古代エジプトで爪に化粧を施したのが始まりと言われている。花から取った染料で塗るのが基本で、紀元前二三〇〇年の記録には男女共にマニキュアの記述がある」

「まじか」

爪を切った事しかない匡士が、五千年級の時代遅れらしい。

陽人は考古学を専攻していただけあって背景情報にも配慮する。

「マニキュアの文化はギリシャ、ローマに伝わったけれど、ギリシャでは自然に近い姿が好まれたから、化粧というより手入れの側面が大きいみたい。中世頃から欧米に広まって、爪磨き専門の仕事も生まれた。現代で言うネイリストだね」

「最近のファッションだと思ってた」

「ラッカーやレジンでコーティングするのは最近の手法。十九世紀には鑢で整えたり、油で磨いたりするのが人気で、こういう道具箱が売られるようになった」

「アンティークは『価値が高い物』が条件だったよな。庶民の日用品は古道具になるんじゃないか？」

だとすれば、ゴミと一緒に捨てられても違和感はなさそうだ。

「マニキュア箱は当時も高級品で一般市民にはさほど浸透しなかったんだ。それと、僕がこれをペディキュア箱と呼んだのは博物館で見たペディキュア箱によく似ているからで、もし足の爪専用だとすると稀少《きしょう》性がちょっと上がる」

匡士は額を押さえた。

陽人が背筋を伸ばして、両の手を小箱に添える。

「雨宮骨董《こっとう》店の名に於《お》いて、このペディキュア箱はアンティークとして扱うに値すると鑑定します」

捜査確定だ。

朝の段階で匡士が預かるべきだったか。否、警察ではゴミだと思って処分していた恐れもある。寧《むし》ろ陽人に拾われて幸運と思っておこう。

「造りが凝っていて状態もいい。それと箱の底に」

陽人が道具を収納する天鵞絨の台を丁寧に外す。二重底の下に仕舞われていたのは、古いが小箱に比べれば遥《はる》かに新しい紙だ。

陽人が広げたそれには英字が綴《つづ》られていた。

「それは？」

「領収証。一九〇七年に英国で作られて、二人の所有者の手に渡った後、一九二二年に『マツマエ』さんがオーストリアの骨董商から購入している」

「所有者か」

「譲渡されていなければ」

「あと……いや」

匡士は言葉の先を引っ込めた。悪い可能性は起きるまで沈黙に留めておく。

「店《うち》に置いて行った人が最終所有者《エンドオーナー》だと思うけど、価値が分からなくて捨てたのだとするとお子さんかお孫さんかもしれない。届け出をして警察に任せるのと僕の方で調べて返すの、どっちがいいかな」

陽人の相談は、彼に電話を貰《もら》った時から匡士も考えていた。

現物は署で引き取って不法投棄で捜査するのが筋だが、会計課は素人知識で管理するより専門家に任せたがるだろう。刑事課も骨董商に協力を要請する事になる。

「保管と所有者の捜索協力を頼んでいいか？　拾得物届出書と不法投棄の情報は署内で共有して捜査する」

「オッケー」

陽人が暢気《のんき》に快諾した。

長い付き合いで、彼が考えなしのお人好《ひとよ》しでない事は匡士も理解しているつもりだが、世の中にはお構いなしに他人を利用する人間が存在する。最悪の化学反応を起こしやしないかと老婆心が働いてしまうが、当の匡士も陽人に頼る一人だ。

匡士は応接室で見送りを断り、玄関からサンルームに出た。

ビーチチェアでは時間が止まっていたかのように、海星が日向《ひなた》ぼっこをしている。

彼は匡士を見ると、口元まで埋もれた毛布を下げた。

「もくもくさん。ゴミを捨てた人を捕まえるの？」

「三課は担当外だな。持ち主捜しは陽人が協力してくれる事になった。彼奴《あいつ》が犯人に会おうとしたら迷わず連絡をくれ」

「分かった」

いつもは憎まれ口しか利かない海星が確《しっか》りと頷《うなず》く。

柔らかな秋の日差しを浴びて、匡士の心まで温かくなった。

5

街の喧騒《けんそう》が途切れるのは、ほんの一瞬に跨《また》ぐ変化である。

雨宮骨董店から西に歩き続けて、長年放置された電話ボックス——使用可能かは定かではない——を過ぎる辺りでふと風の匂いが変わる。

十字路で折れて舗装の古い道に逸《そ》れる。五叉路《ごさろ》の地蔵に煎餅《せんべい》が供えられている。

ヒノキ商店の方を見遣《みや》ると、店先で小学生が笑い合っていた。ひとつだけ当たりの入ったガムで運試しをしているようだ。

匡士は進路を公園へ向かう道に取った。

相沢の話を真に受けた訳ではない。仮に公園の稲荷に物を増やす不思議な力が備わっていたとしても、直線距離でもヒノキ商店は公園から二百メートルは離れている。誰かが店主の代わりに、店の菓子を倍にして下さいと稲荷に願って、遣いの狐が菓子を納品した。到底、現実味のない想像だ。が、聞いてしまった以上、実物を見もしないで無視するのも気が悪い。

帰り道に店の様子を窺いがてら公園を散歩するだけの、ただの休憩時間に過ぎないと自身に言い聞かせて、匡士は車両止めの柵《さく》をすり抜けた。

寂れた雰囲気のある古い公園だった。

入り口から桜並木が始まり、道は盛り土の丘へと登っていく。丘の上には複合型の遊具が設置されているようだ。船の形をしたアスレチックの帆から丘の麓《ふもと》までジップラインが走っている。

平地部分にはイルカやシャチのスプリング遊具が泳いで、街灯の下にカモメが飛ぶ。どれもが微妙に塗料が剝《は》がれたり、鍍金《めっき》が剝げたりして、子供達に使い込まれた時代を感じさせた。

母親が幼い子供をイルカに乗せて遊ばせている。他の遊具は無人に等しいが、ジップラインには数人が順番待ちの列を作る。

稲荷は何処かと匡士が歩を進めると、桜並木の中程でしゃがみ込んでいる男性を見付けた。

滑らかな坊主頭は記憶に新しい。ヒノキ商店の店主の夫だ。

「聖さん」

匡士が名を呼ぶと、男性が慌てて辺りを見回す。自分の名は覚えているようだが、匡士の顔は忘れただろう。年齢による痴呆《ちほう》は、一説には自分が最も幸福だった瞬間に記憶を戻して閉じ込めるという。

「パトロール中の警官です」

匡士が腰を屈《かが》めて警察手帳の表紙を見せると、聖は納得した顔で会釈をした。

「御苦労様です」

「何か困ってます？　具合が悪いならお家まで送りますよ」

「具合？」

「こんな所でしゃがんでいるので」

「お巡りさん、お巡りさん。見てみ」

聖が手招きをする。匡士は彼の隣に座ってみた。

桜の木の根元に小さな社が建っている。屋根まで含めて五十センチほどだろうか。小型ながら入母屋《いりもや》屋根と手摺《てす》り付きの階段を備えており、観音開きの格子扉もきちんと開閉しそうだ。扉の合わせがずれている。

「お参り中でしたか」

「今日はね、内緒だよ、お巡りさん。大好きな人に告白をしに行くんです」

聖がこそこそと声量を落として、膝《ひざ》の上で手の平を擦《こす》り合わせた。その表情は不安と高揚を綯《な》い交ぜにして、弛《ゆる》んだ頰を赤らめる。

匡士は腰を据えて自身の腿《もも》に肘《ひじ》を置いた。

「へえ」

「オレはこの通り背が低くて顔も美男子じゃない。性格だって底意地が悪くて、他人の幸せを素直に祝福出来ないような器の小さい人間だから、神様にお願いするんです」

聖が手を合わせて社に拝んだ。

「微々たる勇気をせめて倍にして下さい。彼女に素直になれますように」

彼は固く瞼《まぶた》を閉じて一心不乱に祈りを捧《ささ》げる。匡士は隣で手を合わせ、彼の想いが叶《かな》う事を願った。

「緊張してきた。ちょっと走って身体を解《ほぐ》してから行きます」

「頑張って」

「ありがとう、お巡りさん」

聖は照れ笑いで礼を言うと、走っているとは言い難い速度で桜並木を歩いて行った。

「おれの人生最良の日はいつになるのかね」

匡士は社に語りかけて失笑し、格子扉に手を触れた。僅《わず》かに浮いた扉を閉めるつもりだった。

閉まらない。左側の扉だけ押し戻される。何か入っている。

匡士は人差し指を格子に引っかけて扉を開けた。

「お供え物か？」

社の中に仕舞われていたのはチョコレートの箱だった。バレンタインシーズンによく見る定番の高級ブランドで、金色の箔《はく》でロゴが印刷されている。

その時、

「あっ！」

匡士の背後で甲高い声が上がった。

振り返ると、小学生らしき男児が二人、踵《きびす》を返して走り去る。

「……成程」

匡士は蓄積された記憶と推察を脳内で編んで合わせて、格子扉を閉めた。

6

奥の引き戸を開け放して、身体は和室に大の字に、頭は縁台に仰向《あおむ》けに投げ出す。大口でいびきをかく大人の姿は、小学生の目にはさぞ間抜けに映る事だろう。

背格好と面差しから洞察するに四年生前後か。三人の少女が奥の座席を窺《うかが》って肩を寄せ合う。彼女達は作り付けの棚に陳列された菓子を見ていたが、互いに目配《めくば》せをすると、二人が壁になり、一人が棚の菓子を手に取った。

敢《あ》えて失敗の原因を挙げるとするならば、壁役の二人も棚の方を向いていた事、そして匡士の就寝を確かめなかった事だ。

少女が摑《つか》んだ菓子をトートバッグに入れる。彼女達は狭い店内を一列になって早足で出て行った。

「支払いがまだですよ、お客さん」

軒先で立ちはだかったパンツスーツの女性に、三人は愕然《がくぜん》として身動きが取れない。

匡士は足を振り上げて身体を起こし、後ろから追い付いて三人の退路に立った。

「鞄《かばん》の中を見せてもらえる？　正直に謝れば、学校にも家族にも言わないから」

「う、うえーん」

一人が泣き出すと、釣られるように残り二人も泣き始める。

彼女達の頭越しに黒川が「勝手な約束をするな」と匡士を睨《ね》め付けた。

泣きじゃくる三人を誘導してどうにか廊下の縁台に座らせて、匡士と黒川は彼女達の正面に立った。

ヒノキ商店の店主がまだ信じられないという顔で同じく縁台に腰かける。

店主の膝では返却された知育菓子が居住まいを正していた。

「お金が払えないのに持って行っちゃダメだべ」

「ご、ごめ」

「ごめ、なさい」

「ずみません」

三人は泣き過ぎて呼吸も絶えだえだ。

匡士は土の廊下にしゃがんで、俯《うつむ》く彼女達と目線の高さを合わせた。

「返すつもりだったんだろ？」

「うっ」

真ん中の少女が息を呑《の》む。

「どういう事だ」

黒川と店主が訝《いぶか》しげに匡士を見た。少しでも早く張り込みを始めたくて、匡士は黒川に万引き事件が起きる恐れがあるとしか伝えていなかった。

「借りていい？」

「どうぞ」

匡士が和室のティッシュボックスを指すと、店主が首を竦《すく》める。匡士はそれを少女らに渡して話を続けた。涙と洟《はな》でぐずぐずになっていた。

「五叉路《ごさろ》の先に公園がある。知ってるよね」

「勿論《もちろん》。うちの子ら皆、小さい頃はよく連れて行ったよ」

「桜並木のお稲荷さんは？」

「どうしてそんな事を訊《き》くのさ」

店主がますます不可解そうに声の調子を曇らせる。

匡士は小学生三人を横目に捉《とら》えた。

「『檜台公園のお稲荷さんに祈ると倍になる』」

左端の少女が肩に掛けずに下ろしたサスペンダーを拳《こぶし》に絡めた。他の二人も蒼白《そうはく》だ。ところが、この中では最も詳しいであろう店主の反応は冴《さ》えなかった。

「何だい、そりゃ。聞いた事もないよ」

「私も初耳だ。詳しく説明してくれ」

黒川がティッシュの箱から数枚引き抜いて、左右の少女の手に捩《ね》じ込む。店主が屑籠《くずかご》を縁台に置く。が、三人は涙を拭《ぬぐ》うどころではないらしい。

匡士は勿体《もったい》ぶらず一思いに核心を抉《えぐ》り出す方を選んだ。

「一年以内に発生した新しい噂だと思う。これを聞いた小学生Aは思い付いた。『菓子を倍に増やして貰《もら》える』『店から借りて、増えたら返せばいい』」

「何だと？」

黒川が凄《すご》むと、右端の少女が耐えきれなくなったようにしゃくり上げた。

「ごべ、ごめんなざい」

「泣かんでいいから」

店主が背中を摩《さす》ったのは逆効果で、号泣は右から左へと伝播《でんぱ》する。

匡士は膝を伸ばして立ち上がり、彼女達から身を離した。

「小学生はヒノキ商店で比較的高価な菓子を盗み――本人の感覚では借りて、次の日に返しに来た。毎日、店を閉める時に必ず品出しをするって言っただろ」

「絶対するね」

「だから、棚から溢《あふ》れた」

倍加の祈りは誰も成功しなかった。するはずがない。けれど、一度広まった噂は沈静化するまで時間を要する。幼いプライドで見栄を張って成功したと嘘を吐く子供もいたかもしれない。

「これが増える菓子の絡繰《からくり》だ」

「増えてねえべ」

「はあ、奇妙《おか》しな事を考えるもんだ」

「ないね」

店主が驚きを通り越して感嘆する。

黒川が顔を歪《ゆが》めて考え込み、腕組みをして肩で息を吐いた。

「店主、どうでしょう？　犯人は特定不可能の多数、警察から学校に汎用《はんよう》指導を依頼するという事で手を打ちませんか。彼女達のした事を警察として看過出来ませんが、個別に罪を問うのは些《いささ》か過剰に感じます」

「いやはや、もう約束しちまったもんなあ、キーちゃん」

「しちゃいました」

匡士がしれっと言ったのが気に入らなかったのか、黒川が本格的に剣呑《けんのん》な顔で匡士を威圧する。意見が同じなら友好的に接してくれても良さそうなものではないか。

店主が踵を下ろしてサンダルに足を突っかけ、店に入っていく。暫《しばら》くして戻ってきた彼女は、ドーム型のプラスチックケースで包装されたストロベリーチョコレートを三人の小学生にひとつずつ握らせた。

「ちゃんと謝れたからおばちゃんの奢《おご》り。次はお小遣い貯めて来な」

「うわーん」

「あびがどござばす」

「ごじゃますー」

三人が輪を掛けて号泣する。

匡士が横目で窺うと、黒川の口元が数ミリだけ笑っていた。

＊

毛布の塊を抱えて慎重に階段を上る。

二歳で雨宮家に来た海星も十三歳になった。背は伸びて、体重も重くなったが、まだ陽人の力でも抱き上げられる。

店が強盗に襲われたら、海星を背負って逃げるのが兄の務めだ。

陽人は居間のソファに海星を毛布ごと寝かせて、腕の疲れに充足感を覚えた。

オーストリアのディーラーへの問い合わせは、すぐに返事は来ないだろう。数日、若しくはディーラー次第で月を跨《また》ぐ事も予想される。

陽人がスマートフォンの画面を見ると、別の人物からメッセージを着信していた。

「サンルームじゃない」

毛布の塊が蠢《うごめ》く。陽人は新着メールを文末まで読み終えて、スマートフォンを炭酸水のボトルに持ち替えた。

「おはよう。父さんと母さんが来週には帰れそうだって」

「ふーん」

「母さんのトマトポトフおでんと、父さんのコンビーフコロッケ作って貰おうね」

「……別に」

海星は嬉《うれ》しい時、猫が背を向けて尻尾《しっぽ》だけ絡ませるような反応をする。陽人は二つのグラスに炭酸水を注いで、一方を海星の前に置いた。

海星が毛布から右足を出して床に着き、両手でグラスを持つ。

「そう言えば」

陽人はグラスの縁から口を離して、海星の座るソファの背に腰かけた。

「何故、あの木箱が店の前に捨てられたと知っていたの？　僕は話していないよね」

「上で見ていた」

海星は炭酸水を飲んで喉《のど》の渇きを自覚したらしい。彼は続けてグラスの半分まで飲み進めてから、水面を見詰めて続きを答えた。

「木箱を置いていく時。頭と靴だけ」

「靴？」

「派手な色だったから目に付いた」

喉の奥で弾《はじ》けた炭酸水が、眼球にもパチパチと光を散らす。

「蛍光グリーンのスニーカー」

それの意味するところは陽人には分からない。

「本木先輩に話した？」

「もくもくさんは犯人を捕まえないんだって。兄さんも会いに行かせてはダメだと言われたけど、あの子は帰らせてあげたいな」

「そうだね」

ポケットでスマートフォンが震える。

「大事にされていた子だ。きっと間違えてゴミ箱に落ちたんだよ」

幸せそうに弛《ゆる》めた瞼《まぶた》の裏で、海星は妖精《ようせい》を思い浮かべているのだろう。

オーストリアのディーラーからのメールには、マツマエが最終所有者である事と、彼女の死後、所在が知れなくなっているという遺族の返信が添付されていた。

7

人波に紛れると、思いの外、目を惹《ひ》く人だ。

店にいる時は陽だまりで転寝《うたたね》をしているのが似合う長閑《のどか》な雰囲気で、相対する者に緊張の欠片《かけら》も感じさせない。

だが、その独特な柔らかさが、穏やかな暖かさが、大勢の中で灯火の如く辺りを照らすようだ。彼の周囲の空気だけが澄んでいるみたいに明るい。

藤見署の格調高い建築に馴染《なじ》むのは、日頃から骨董《こっとう》品に触れている為か。景色に溶け込んで威圧せず、物怖《お》じせず、ただ在りのままで在る。

彼は案内板を確かめて、拾得物保管所の窓口の窓を叩《たた》いた。

「こんにちは」

内側から窓を開けて対応したのは会計課の相沢だ。

「落とし物ですか？」

「拾った者です。先日、届け出をお願いしました、雨宮陽人と申します」

「骨董店の！　お世話になってます」

相沢は純粋な眼差《まなざ》しで目を輝かせ、手を突き出して握手を求めた。陽人が優しく微笑んで手を握り返す。相沢は陽人の雰囲気にそぐわぬ力強さを意外に思ったようだ。一拍の間、表情を消してから、満面の笑みで握り締めた手を上下に振った。

「今日はどうされました？」

「新しい情報を得られたので御相談に。本木さんの所と迷って、こちらの方が近かったものですから」

「ようこそおいでませ。ハッピーラッキー得得シュートク所」

反射とリズム感が直結しているようだ。相沢が半分以上無意味な歓迎をして、両手の親指を立てる。それから青いファイルを選び取って開いた。

「届出者がキキさんなので本人がいた方がいいな。一緒に刑事課に行きましょうか」

相沢がファイルから書類を一枚取り外す。陽人が頷《うなず》いて窓口から下がると、窓が閉まり、ややあって側面の扉から別の警察官が出て来た。

彼は物憂げな瞳《ひとみ》で陽人を捉《とら》え、書類を持った手を見えるように肩口まで上げる。

「相沢が作業途中なので代わりに御案内します。犬江です」

「よろしくお願いします」

犬江は目礼を返して、陽人の先に立った。

エントランスホールを横切って上階への階段に移動する。

「持ち主は判明しましたか？」

「はい。書類に記された最後の所有者は特定出来ました」

最初の踊り場まで上がる頃にはひんやりと冷えた空気を体感するだろう。手摺《てす》りの間は最上階まで吹き抜けて暖房が効き難《にく》い。黒塗りの透かし細工は陽人の興味を誘ったが、彼の視線は程なくして前を歩く犬江に戻された。

長い足が階段を上る。スニーカーの靴底が床に擦《こす》れる。

「当店の前に置いて行った方は大凡《おおよそ》」

蛍光グリーンのスニーカーが立ち止まり、二つ目の踊り場で犬江が半身を開く。

「確かですか」

「目撃証言がありました」

「どんな？」

「それは本木刑事に直接話しますが、問題のペディキュア箱は盗難に遭って、長らく行方知れずになっていたそうです」

犬江が左足を引き、完全に振り返った。

縦長の大きな窓を背に、犬江の姿が逆光で塗り潰《つぶ》される。頭の後ろから差す陽光が眩《まぶ》しい。

陽人は数段下で足を止めたまま動かない。

「雨宮さん」

犬江が書類を丸めて制服のポケットに押し込み、空いた両腕を陽人の方へ伸ばした。

「退《さ》がれ、犬江！」

匡士は手摺りを摑《つか》んで、踊り場まで一蹴《け》りで飛び下りた。

犬江は止まらない。彼は両手で陽人の手を摑むと、深く頭を下げた。

「ありがとうございます」

「え」

肩透かしを喰《く》った拍子にバランスを崩し、匡士は着地の足で階段を数段踏み外した。

黒川が胡乱《うろん》な顔でこちらを見て来る。ロクな説明をしないで陽人と犬江を通した匡士も悪いが、匡士も未《いま》だ理解出来ていない部分があるので勘弁して欲しい。

ガラス張りのミーティングルームは透明性の象徴だ。取り調べにも使われる。

匡士はブラインドを閉じて、テーブルの対角線上に座る陽人と犬江の中間に立った。

「えーと、どうしてああなった？」

「先輩に電話で話しておけばよかったね」

「まったくだ。持ち主の情報を持って署に来ると言われて、ホールのギャラリーで待ってたおれの身にもなってくれ」

しかも階段まで迎えに出てみれば、陽人が犯人の特徴を得ており、警察官が怖い顔で摑みかかろうとする奇特な状況である。階段も瞬時に飛び下りるしかない。

陽人が座面と足の間に挟まったカーディガンの裾《すそ》を外した。

「元々は来歴とメールを持って来るつもりだったのだけど、木箱を置いて行った人は蛍光グリーンのスニーカーを履いていた事が分かって」

「蛍光グリーンって」

匡士は思わずテーブルの下を見た。犬江が行儀良く踵《かかと》を揃えている。

「ね、吃驚《びっくり》」

「じゃない！」

木箱を置き去った犯人が頭にちらついた時点ですべき警戒が陽人には足りていない。

しかし、陽人は腹が立つくらいおっとりした動作で首を傾けた。

「訊《き》かれたから」

「あってはならない事だが、警察署内でも事件は起きる。今回は運良く犬江に敵意がなかったから無事なだけだ」

「知っていたよ。敵意はないって」

陽人の双眸《そうぼう》は確信を宿している。苦し紛れに出た言い逃れではない。

彼は犬江に微笑みかけた。

「ペディキュア箱は大事に手入れされていた。仮に悪意があれば、専門家に見付けて貰《もら》えるように骨董店の前に置いて行ったりしない。でしょう?」

「御迷惑をおかけしました!」

犬江がテーブルに手の平を置き、額を付けて低頭した。

アンニュイで体温が低そうな彼のいきなりの大仰な謝罪に、陽人が目を丸くする。犬江は重々しく頭を擡《もた》げると、呟《つぶや》きに近い低音で続けた。

「オレが生まれる前から祖母《ばあ》ちゃんちの仏壇に飾られてました。祖母ちゃんもいつからあるのか覚えてなくて、でも習慣で仏壇と一緒に綺麗《きれい》にする物でした」

「誰も出所を知らない」

「法事で親戚《しんせき》と集まるまではそうでした」

匡士は腕組みをして重心を右足から左足に移した。犬江が俯《うつむ》いて目元が翳《かげ》る。

「叔父《おじ》さんだか、大叔父さんだか、よく知らない親戚が酔って絡んで来たのがきっかけでした。警察が嫌いみたいで『税金に食わせて貰っていい御身分だな』って言うから、そうですねって流したら『盗人《ぬすっと》の子孫が偉そうに』と怒り出したんです」

親戚の集まりで互いの血筋を貶《けな》すのは不毛でしかない。我が子に親の顔が見たいと呆《あき》れても、鏡を見ろとしか言い様がないだろう。

だが、深酒は簡単な判断すら狂わせる。

「オレが愕然《がくぜん》としたのを見て、親戚は勝ち誇りました。曾々祖父《ひいひいじい》さんが震災に乗じて火事場泥棒を働いたと……身内でも軽蔑《けいべつ》します。吐き気がするほど最低だ」

「残念です」

陽人の示す弔意が含むものは余りに大きい。

「盗んだ内の一個だけ売れなかったのか、これだけを盗んで手元に置いたのか、本人以外には知りようがありません。当の曾々祖父さんは早くに事故死して、あの箱が遺《のこ》されました」

「親戚の中でも知る人と知らない人がいそうだ」

「はい。普通の人間なら口を鎖《とざ》す内容です。今まで箱を綺麗にしてた分、盗みの片棒を担がされてた気分になりました」

件《くだん》の親戚も、沈黙のストレスが酒で解放されたとも考えられる。八つ当たりされた犬江は気の毒だが、箍《たが》が外れたとしか思えない不用意さだ。

「祖母ちゃんは勘付いてたと思います。嫁入りした立場では発言権のなかった時代の人です。知り合いが似た物を失くして捜していると作り話で相談すると、人の役に立てるなら仏様も喜んでくれると言って、無償で譲る事に迷いがありませんでした」

仏壇に収められていた理由も見えてくる気がする。匡士は口を開こうとして首を振り、舌の上で別の言葉に入れ替えた。

「店の前に置いて行ったのは、相沢に雨宮骨董《こっとう》店の話を聞いたからだな」

「類似画像検索をしたら博物館の写真がヒットして、とんでもなく高価だと分かりました。雨宮骨董店は信頼出来る、何とかしてくれると思ったんです」

匡士は天井を仰いだ。

ヒノキ商店の件と同じだ。犬江は盗品を返しに来た。来歴を記した紙に気付けなかったのだろう。警察に遺失物で届ければ自分の名前が記録に残り、場合によっては所有者に知らされる。だから、ゴミに見せかけて雨宮骨董店の前に放置した。

陽人なら警察を介さずに所有者を突き止めて、返却してくれると期待した。実際、実現しかけていた。

「自分で鑑定を依頼して、遺族に謝罪して返すべきでした。でも警察の仕事はどうなるんだろうとか、バレたら後ろ指を差されるに違いないとか思って、自己保身で正義が萎《しぼ》んだのが恥ずかしいです。いっそクビにして貰った方が清々するのでは？」

特別な答えを嗅《か》ぎ付けたみたいに、犬江が忙《せわ》しなく首を巡らせる。

「落ち着け。被疑者死亡で送検されたとしても、犬江は一切、関与してない。当時、生まれてもないだろ。とりあえず遺族に返却して意向を聞くまで座って待っとけ」

「はい」

口では理解を示したが、犬江の目は依然、失意に囚《とら》われ泳いでいる。菓子と骨董品は違う。当事者不在の状況で、匡士が事件を鞘《さや》に収める事は出来ない。

匡士が手を拱《こまね》いていると、陽人が来歴の書面をテーブルに広げた。

制作は一九〇七年英国、十五年の時を掛けて二人の人の手に渡り、オーストリアから日本に辿《たど》り着いた経緯が記されている。

「物は制作後、百年が経って漸《ようや》くアンティークになります」

「そう……なんですか？」

犬江の憂いに疑問符が過《よぎ》る。陽人が頷《うなず》き返す。

「曾々お祖父さんが盗んだ時は古道具でした。価値ある状態で持ち主に返す事が出来るのは、大事に手入れし続けた子孫の皆さんのお陰です」

匡士は口を丸く開けて、それから笑みの形に引き上げた。

陽人が陽だまりの様に微笑む。

「骨董品に代わってお礼を申し上げます。大事にしてくれてありがとうございます」

「いや！　こちらこそ」

犬江はふじみんの鳴き真似より勢いよく答えて、反動で力が抜けたみたいに頭をゴンとテーブルに落とした。横を向いた彼の顔が茫然《ぼうぜん》とブラインドを眺める。

「良かった。祖母ちゃん達の費やした時間も救われます。良かった」

落ちた雫《しずく》は水溜《みずた》まりになって、犬江の瞳《ひとみ》から悲しみを洗い流した。

8

夕焼け空に音楽が響く。檜台公園に流れる帰宅を促す放送だ。

ヒノキ商店でも店主が外のレトロゲームの電源を切って、店内に引き返そうとした。

「杏豆《あんず》さん」

コンクリートの砕けた道に長い影が伸びる。

聖が、緊張した顔を少年みたいに真っ赤にして声を震わせた。

「あなたが、好きです。大好きです。ぼくの傍にいて下さい」

店主の頬を赤く染めるのも、夕陽だけではないのだろう。

「今日は店番の日なんです。品出しを手伝ってくれませんか？」

「え、あ、はい」

聖が小走りに軒先に駆け込む。店主は綻《ほころ》ぶ口元に手を添えて聖に囁《ささや》いた。

「わたしも、あなたとずっと一緒にいたいです」

「はい！　いましょう。いつまでも一緒に」

二人が寄り添い、店に入って行く。楽しげに笑い合って空いた棚に菓子を並べる。

毎日、必ず行われる商品補充の時間。

忘れるはずのない幸福のひとときである。

＊

茜色《あかねいろ》の帰り道、匡士は柄にもなく情緒を覚えた。

檜台公園の稲荷社の御利益は、郷土史を調べても類する記述が確認出来なかった。

匡士が知った噂は、相沢が小学生の甥《おい》から聞いたという。

『微々たる勇気をせめて倍にして下さい』

記憶をくり返す聖の祈りを公園で遊ぶ小学生が耳にしたとしたら、聖が噂の発信源だ。

話は人から人へ伝わり、時と共に形を変えて伝承の衣を纏《まと》ってしまった。

預かった菓子を全て開封する前に真相が判明したのは、店主にとっても警察にとっても救いと言えるだろう。子供が稲荷で試した分は三課の茶菓子として買い取ったので、一週間は糖分補給に困らない。

考えただけで匡士の細胞が塩味を欲して、俄《にわ》か仕込みの情感を追い出す。

「蕎麦《そば》でも食べて帰るか」

伸びをして帰路に就いた匡士を、五叉路《ごさろ》の地蔵が見送った。

幕間　猫の額

1

春のキャベツは串《くし》切りにしただけの生でも甘くて美味《おい》しかった。

夏冬のキャベツときたら、一口に切って火を通しても固くて味が薄いのだからまるで別の野菜だ。と、鹿乃《かの》が零《こぼ》したら厨房《ちゅうぼう》を取り仕切るシェフ兼店長は、気を遣って散々言葉を濁した挙句に品種が違うという決定的な真実を告げた。

バール・サイドウェイズ。藤見市の中でも横浜市に近い東区に位置する。

雑居ビルの一階に間借りしているが、居抜き物件ではなく、外観から店内の調度品までこの店の為にデザインされた独自の意匠で統一されていた。

店構えは青く塗られながらも木目を残し、大きな窓とアレカヤシの鉢植えが南国の爽《さわ》やかな印象を作り出す。扉窓に白字で印字された店名は、パイナップルを好きな店長がデザイナーに依頼したこだわりのロゴらしい。

店に入ると右手側に設《しつら》えた壁一面の棚に世界中の酒が集まっている。ソーダのサーバーを備えたバーカウンターを挟んで左側のフロアはテーブル席だ。個室はないので有名人は来ない。

内装は素朴な天然木の板張りで、窓辺の席には天井からペンダントライトが下がる。木彫りの額縁に飾られた絵画を眺めてカウンターの脇を通り抜け、ウェスタンドアを開けると、厨房のアイランドキッチンが出迎えた。

よく片付いた厨房はこの規模の店にしては広い方だ。壁際には冷蔵庫、冷凍庫、オーブン、食器洗浄機が並ぶ。

鹿乃はアイランドキッチンの傍に丸椅子を置いて腰かけ、キャベツの芯《しん》を可食部から限界まで削《そ》ぎ落とした。

「何をしているんですか？　カノさん」

バーテンダーの波止《はと》に訊《き》かれて、鹿乃はキャベツの芯を振って見せた。

「キャベツの下準備」

「要ります？」

「要らないから取ってんの」

「芯の方ではなく。失礼、きちんと説明しなかった俺が悪かったですね。芯も入れておけばいいと思います。食べたくなければお客様が自分で残すでしょ」

波止の懇切丁寧な言い回しが嫌味である事は、経験上疑う余地もない。

「ない方がいいじゃん」

「仕事増えても給料は上がらないんだから、無駄な手間を掛ける意味がないです」

その上、正論だから性質《たち》が悪い。黒のTシャツに捩《ねじ》れたプレートチャームのネックレスなどして、緩いパーマにも殺意が湧いた。

「ハトって洗濯物をたたまずに、洗って乾かしたまま着る人？」

「鍋《なべ》から直接ラーメンを食べる人に言われたくないです」

「は？　喧嘩《けんか》？」

鹿乃がマスカラを盛りに盛った目力で波止を牽制《けんせい》すると、彼が戦慄《わなな》く背中でウェスタンドアが押し開かれた。

「ただいま。バジル買えたわ」

ひっつめ髪をお団子にして、小さく見える顔に対して大き過ぎる眼鏡が浮いている。目尻《めじり》と眉《まゆ》を吊《つ》り上げたメイクは幅の小さな口と妙にバランスが取れて、雀の様な親しみ深さを感じさせた。そう思って見ると、上品なワンピースもふっくらとして冬雀のフォルムに思えてきた。

「お帰りなさい」

「店長ぉ。ハトがうざい」

「二人とも元気で結構。その調子で今日も頑張りましょ」

店長は鹿乃と波止の小競り合いに羽虫ほどにも取り合わず、手を洗ってアルコール消毒をする。鹿乃も端《はな》から聞き入れて貰《もら》えるとは思っていない。

鹿乃と波止は肘《ひじ》で小突き合いながらフロアに立った。

昼休憩が明けて日が暮れるまでの狭間《はざま》は、食事メニューがよく出る。ドリンクを先に提供して間を繋《つな》ぐ事が出来ない為、フロアの時間管理が難しい。

外が暗くなるに連れて客足が徐々に増え始め、ドリンクの注文が増えると鹿乃の負担はぐっと減った。

「ファジーネーブル、ヒューガルデン二つ」

バーカウンターの波止が無愛想な視線で応《こた》えて、グラスを並べる手際は速やかだ。鹿乃がビールの瓶を開ける間にカクテルが完成する。

注文をテーブルに運んだ帰り、厨房への戻りしなに客の来店と行き合った。

長身でスレンダーなシルエットが鹿乃の常連アンテナに反応する。黒髪を低い位置でポニーテールにして、パンツスーツとチタンフレームの眼鏡は実用的なデザインだ。一瞬で店内を把握する眼差《まなざ》しは鋭利で、彼女の有能さが窺《うかが》い知れる。

「凪さん、いらっしゃいませ」

「こんばんは、鹿乃さん。カウンター席、いいですか？」

「どうぞー」

鹿乃は弾む声で返事をして、空き皿を厨房に運んですぐ店内に取って返した。凪は俗に言う鹿乃のオキニだ。チップが料金に含まれている以上、全ての客に等しい接客を心がけてはいるが、店員も人間なので好き嫌いは起きる。

凪は酔って絡んで来ない、無茶な注文をしない、大声を出さない、会計をきちんと行う、食事を楽しんでくれる、鹿乃にとってオアシス級に有り難いお客様だ。

「日替わり前菜と新ドリンクのメニュー失礼しまーす」

鹿乃は小さな黒板をカウンターに立てかけた。

凪がリストを一通り見て、チェリースパークルの名を指差す。

「これはソフトドリンクですか？」

「チェリー酒が入ってるよ。今日はアルコールなし？」

「はい」

「だったらねぇ、ノンアルコールのスパークリングワインがお勧め」

鹿乃はカウンター脇のポケットからメニューを引き出した。

「お値段と味は色々だけど全部美味しいよ。瓶が可愛いのはゴッチェ・ディ・ルナ」

ふ、と凪の表情が弛《ゆる》んだ。

「では、ゴッチェ・ディ・ルナをグラスでお願いします。一緒に小鮎《あゆ》のフリットとオニオンチーズリゾットも」

「はーい」

猫の額並みに狭い店は既に席の九割方が埋まり、店内に流れる曲もアップテンポが続く。これからが素敵な夜の始まり。そんな空気の中で働くのは楽しい。

鹿乃は注文を受けた順にドリンクと料理を運んで、再び凪の席に戻った。

「オニオンチーズリゾット、お待たせしました」

「ありがとう」

凪がテーブルの上を空けてリゾットを迎え入れ、目線を料理から鹿乃の後ろの壁に移動させた。そこには先週まで、写実的な港の絵が飾られていた。

今はアクリルガッシュで筆を重ねた印象派風の猫が仰向《あおむ》けに寝転んでいる。

「絵、変えたんですね」

「気付いた？　店長が——」

鹿乃と同時に波止も戸口を見た。扉が開く。

「いらっしゃいませ。凪さん、ごゆっくり」

手元で小さく手を振って、鹿乃は接客に向かった。

「一名様ですか？　空いてるお席にどうぞ」

「空いた席って、他の客が座ってるテーブルでもいいの？　あそこなんて、カップルで四人席使ってるよね」

始まった。鹿乃はげんなりする気持ちを唇だけの笑顔で隠した。

(此奴《こいつ》はどう転んでもオキラ)

耳にタコで聞かされた自慢話によれば、絵画を扱う美術商のオーナーらしい。

海外からの客を伴って来店しては聞こえよがしの大声で英語を話すが、お前達は聞き取れまいと言いたげに汚い言葉を使う事がある。港町だけあって海運に関わる仕事が多いから、通じてしまって苦い顔で聞き流している客もいるだろう。

中身が分かっていると、高級なブランドスーツも宝石がぎらつくネクタイピンも、腕の良い美容師に切って貰ったらしいツーブロックも悪印象の種にしかならない。

「相席は空きテーブルがなくなった時だけ、先客の方にお伺いしてます」

「じゃあ、奥のテーブル席で相席を断り続けようかな。ハハハ。鹿乃ちゃんは座ってもいいよ」

「一名様御案内でーす」

鹿乃は黒板とメニューとおしぼりと水とカトラリーをまとめて持ち、テーブルを訪れる回数を最小限に抑える作戦を取った。ところが、客自身が付いて来ない。

「一名様？」

鹿乃は若干、本音が滲《にじ》んだ声で呼びかけた。

美術商が凪の傍で立ち止まっている。

彼女に不用意に絡んだら店から叩《たた》き出してやる。鹿乃が息巻いて引き返すと、美術商が足を留めているのはカウンターではなく壁の前だと分かった。

美術商が飾られた絵を見つめて棒立ちになっている。

「お客様」

「鹿乃ちゃん。これは？」

「何か？」

「前に来た時は違う絵が掛かっていたよね」

流石、美術商だ。周囲が目に入っていないようでよく見ている。

鹿乃は店内を見遣《みや》って、動きのありそうな客がいない事を確認してから歩を返した。

「あたしが描いた絵を店長が飾ってくれてるんです」

「君、絵を描くのか」

「趣味で」

学校で勉強した訳ではない。ネイルやアイシングクッキー、Tシャツのデザインなど、色の置き方を考えて試すのが好きだから絵も描く。

鹿乃がざっくばらんに答えると、美術商は絵を隅から隅まで見て言った。

「この絵を売って欲しい」

「は？」

「気に入った。即金で三万出そう」

美術商は言うが早いか、革の鞄《かばん》を開けて札束の入った財布から一万円札を三枚抜き取った。

絵の中で仰向けになった猫が、空耳でにゃあと鳴いた。

お得意のつまらないジョークであれ。鹿乃の逃げ道は儚《はかな》くも絶たれ、美術商は四人がけのテーブル席で鹿乃の仕事が落ち着くまで居座り続けた。

2

鹿乃がバーカウンターの角でスマートフォンを操作するのを、波止が目敏《めざと》く睨《にら》んで無言の内に非難する。何もそこまで軽蔑《けいべつ》した目をしなくても良いではないか。

鹿乃は画面をカウンターに伏せて、隅に座る凪のグラスに水を注いだ。

「凪さん。猫飼った事ある？」

「ないです」

凪の生真面目な瞳《ひとみ》は不可解さも真っ直ぐ伝える。

「あたしもないや。へへ」

「お客様。ノンアルコールのスパークリングワインの注文が偏っておりまして、栓を開けたボトルでよろしければお味見されますか？」

ソーダサーバーの横から波止が会話に割って入った。

「いいのですか？　ありがとうございます」

「こちらこそ」

波止が小皿にチーズとサラミを盛り合わせて試飲のグラスに添え、余った手はカウンターの裏で鹿乃を追い払うように杜撰《ずさん》に振った。

凪を取られた悔しさと伯仲するのは、美術商に待たれているプレッシャーだ。食事が主目的の客は腰を上げ、酒を飲み慣れた客はカウンターに赴いて各自で注文する。波止に追い立てられるのも仕方ない。

鹿乃は人差し指で左右の口角を持ち上げて、接客用の笑顔を作った。

「お待たせしましたー」

「やあ、いいんだよ。営業中はお互い様だ」

美術商が向かいの席を勧める。テーブルの上にはグラスの半分ほどまで減ったネグローニしか置かれていない。

鹿乃は小首を傾げて応《こた》え、指示された椅子に着席した。

「早速だけど、交渉に入らせて貰《もら》っていいね」

「正気ですか？　素人の絵ですよ」

「経験は関係ない。光るものがある若い芸術家の絵を買って支援して、世界に広めるのも美術商の重要な仕事だ。こう見えて目利きには自信がある」

普段から自信と自己主張と自己顕示に溢《あふ》れた彼だが、本職となると熱弁にも更に拍車が掛かるようだ。鹿乃が愛想笑いで相槌《あいづち》を打っていると、美術商はグラスを手で揺らして酒を回転させる。

「絵は君が飾ったの？」

「店長に絵の写真を見せたら店に飾りたいと言ってくれて」

「店長も君の理解者という訳だ」

「昨日、出勤したら一番目立つ場所に掛けてくれていて吃驚《びっくり》した……です」

「素晴らしい感性の持ち主だよ、店長も」

美術商はネグローニを一口飲むと、閃《ひらめ》いたように大袈裟《おおげさ》に目を見開いた。

「そうだ。折角だから額縁もまとめて引き取ろう。絵によく合っているからね。店長は実にセンスがいい」

鹿乃は前方を向いたまま、意識だけずっと後ろに遠ざかるのを感じた。

心臓が冷えて、頭が冴《さ》える。

(そんな事だろうと思った)

鹿乃は窓の外を眺めて嘆息し、いつもの調子で小悪魔めいた笑みを復活させた。

「お客さん」

「うんうん。早速だが売買契約書にサインを頼むよ。ちょうど予備が鞄に――」

「お断りしまーす」

唖然《あぜん》とする美術商に、鹿乃は頰杖《ほおづえ》を突いてにっこりと笑い返した。

「な、何故だね。新人の画家でも三号の絵は一万前後が相場だ。三万円は投資の意味と誠意を籠《こ》めた破格の買い取り価格だよ」

「えー」

「今を逃したら君の絵を買う物好きは二度と現れないぞ。足元を見て値を吊り上げると言うなら……分かった、いいだろう。五万円でどうかね」

焦って本音が尻尾《しっぽ》を出している。

「お客さんは絵の専門だから詳しくないかもしれないけど」

鹿乃は頬杖から身体を引き起こして、指先に髪を巻き付けた。

「あの額縁は十九世紀に作られた骨董品《こっとう》なんです。そんな安値で売ったら、あたしがクビになっちゃう」

「！」

美術商が呼吸を止めて青ざめる。慌ててグラスのカクテルを飲んでも上擦った声は直らない。

「知らなかったなあ。そうなんだよ、私は絵以外はからっきしでね」

「本当ですかぁ？」

「当たり前だ。高価な額縁を油が飛ぶ飲食店に飾っている方が奇妙《おか》しいじゃないか」

「そうなんですけどー」

鹿乃は椅子を引いて美術商を見下ろした。

「あの額縁に入れておくと、不思議と無名のあたしの絵が五万円で売れるんです」

落語で語られる『猫の皿』と同じ、差し詰め、あれは猫の額縁だ。店長の実家が資産家で、店の備品に惜しげもなくコレクションを使うので、世間知らずと侮った客が不躾《ぶしつけ》な買い取りを求めるのは今回が初めてではなかった。

鹿乃の絵をダシに使われた事はなかったので、念の為に話を聞いてしまった。

「お会計、お持ちします？」

「……詐欺だ。詐欺だ！」

美術商が椅子を鳴らして立ち上がる。彼は一転、湯気を噴きそうなほど赤面して、渾《こん》身《しん》の怒りを鹿乃に浴びせかけた。

「高級な額縁で印象を上げて、二束三文の絵を売り付けようとした。小賢《こざか》しい策略に引っかかるところだった」

「誰も騙《だま》してなくない？」

「才能がない癖に勉強もしないで絵を描いても無駄だ。分不相応な額縁に入れて、無用の長物とはこの事だ。ハハハ、豚に真珠かな」

手の平を返して罵倒《ばとう》する彼の言葉を、全否定出来る力が鹿乃にはない。

誰も鹿乃に絵を描く事を期待していない。

『無駄な手間を掛ける意味がないです』

波止の声が内耳に張り付いている。しなくていい。する必要がない。意味がない事をする自分は愚かなのか。してはいけないのか。

性格、血液型、星座、地域性、何かひとつでも鹿乃を肯定してくれたらいいのに。

「店に足止めされた無駄な時間分の責任は取って貰うからな！」

美術商に罵倒され、鹿乃は拳《こぶし》を握り締めた。横っ面を張り飛ばしたい衝動を実行に移せない自身の理性が憎い。

「お話し中失礼」

加熱する対立の只中《ただなか》に、落ち着き払った声で立ち入ったのは凪だった。

彼女は不審がる美術商の視線を一身に受けて微動だにせず、静かに言葉を繋《つな》げた。

「私の席までお話が聞こえていましたが、取引に条件外の要求を追加したのはあなたの方です。強要または恐喝に該当する可能性があります」

「部外者は口を挟むな」

美術商に怒鳴られて、凪はスーツのポケットから黒いケースを取り出す。

「藤見署、捜査三課の黒川凪と申します。警察《わたし》は介入してもよろしいですか？」

示された警察手帳。

美術商は鞄《かばん》を摑《つか》んで腕に抱えた。蓋《ふた》が開いていた所為《せい》でハンカチやパスケースが転がり落ちたのを乱暴な手付きで急ぎ掻《か》き集める。

「あんな落書き要らん。契約は御破算だ、クーリングオフだ」

美術商が凪に肩をぶつけて席を立つ。彼はレジで支払いを済ませて、大股《おおまた》歩きで店を出て行った。

店内に流れるピアノジャズの音量が上がって聞こえる。

「お騒がせしました。皆さん、もう一杯どうぞ。御馳走《ごちそう》します」

レジに立った店長が上品に呼びかけると、客が一人立ち上がり、それから次々と笑顔でバーカウンターに集まった。

凪が心配そうにこちらを見ている。

「落語みたいには上手《うま》くいかないよねぇ」

鹿乃は快活に笑い飛ばして、テーブルのグラスとゴミをトレイに載せた。

「落語とは違います。額縁は釣り餌ではないでしょう？」

凪の顔がまともに見られない。

「店長が入れてくれたの。ああ見えてお金持ちだからさ、うちの店長。金銭感覚バグってんの」

「では、それが店長の選択です」

せめて声だけ明るくした鹿乃に対して、凪は何もかも冷静だった。

「え、何？」

「してもいい。しなくてもいい。自分で選べるのが人間です。いえ『選ぶ』なんて堅苦しい言葉よりもっと、そうですね」

凪がテーブルの端に捨て置かれた未使用のカトラリーを拾い上げてトレイに載せる。

顔を上げた鹿乃と目が合う。

「そうしたら心地好《よ》い。そういう気分。するのが嫌でない。その程度でいいのでは？過ごしやすいように過ごせたら百点満点だと思います」

「凪さぁん」

空虚に優しさが染み入る。鹿乃は感極まって凪にハグをした。

体幹を鍛えた凪は蹌踉《よろ》けもしなかった。

3

最後の客を見送って外に出ると、街は深夜の空気に包まれていた。寒いのに穏やかで、肺いっぱいに吸い込むと一日の疲れが薄まる感覚がする。

鹿乃はアレカヤシの鉢植えを店内に入れて、扉の内鍵《うちかぎ》を回した。

厨房《ちゅうぼう》から食器を片付ける音が聞こえる。バーカウンターで波止がグラスを磨く。

鹿乃は電動回転モップでカウンターのスツールの下を念入りに擦《こす》った。

「…………」

「…………」

「……あのさぁ」

鹿乃が話しかけても、波止は分かりやすく振り向いたりしない。

だから鹿乃も背を向けたまま話した。

「凪さんを引き留めた？」

「何の話か解らないです」

下手な嘘を堂々と言い切る波止の神経の図太さは、鹿乃といい勝負だ。

「じゃあ、お礼言わなーい」

「要りません。フロア担当だったら、スパークリングワインの注文数が半端だった事は知っているはずです」

隙のなさが巧妙過ぎて狡《ずる》い。鹿乃は木目に沿ってモップを掛け、窓辺まで走った。そして、柄を軸に身を翻す。

「ありがと！」

言いたいから言った。受け入れは求めない。

モップを手に走り回る鹿乃の足は、羽が生えたように軽やかだった。

第三話　ベルジェール

＊

日本の山には神が宿るという。

登山口は整備されて売店も駐車場もあったが、登り進むに連れて人の手から遠ざかって行くのが分かった。

道は土がぼこぼことしており、剥《む》き出しになった木の根が歩を助けたかと思うと、思わぬ小石を踏んで足首を挫《くじ》きそうになる。

鬱蒼《うっそう》と緑の繁る森は霧で霞《かす》み、湿度の高い空気は肺に通って尚《なお》重い。

おーい、と呼ぶ声がして振り返ったが、人の姿はない。

腕時計はまだ昼前を示している。にも拘《かかわ》らず、いつの間にか辺りがやけに暗くなっている。身体を反らして頭上を仰ぐと木々の葉が空に蓋をして、太陽どころか青空も見えず眩暈《めまい》がする。

山は神領だ。異国から訪れた自分は、自覚なく禁忌を犯してしまったのではないか。一刻も早く下山すべきだ。

下へ。

下へ。

下りても下りても景色が開ける事はなく、森は深くなる一方である。隘路《あいろ》は一層、険しくなり、草が足に絡み付く。スマートフォンは電波を拾わない。友人に貰《もら》った紙の地図を広げて見る限り、道は正しく引き返せているはずだ。

水の音がする。

川などないのに。

頭が痛い。

「あっ……」

奇妙な向きに重力が振られた刹那《せつな》、身体が恐ろしい速度で転がって後から激痛が全身を打ちのめした。直《じき》に痛みも眩暈も感じなくなった。

1

箱の中に風は吹かない。

箱の中に雨は降らない。

箱の中に昼夜はない。
箱の中に喜びはない。
箱の中に、光が差すまでは。

ラジオのダイヤルを捻《ひね》るとスピーカーが雑音を立てる。木箱の側面にダイヤルを二つ備えたラジオは、アンティークにこそ満たないが随分な年代物だ。

海星はチューニングをして適当なチャンネルに合わせた。

大抵の事はタブレットで出来る。海星がラジオの電源を入れるのは、リビングに音を流しておきたい時だ。特定の番組を聞きたい訳ではないので内容は問わない。

曲名の分からない曲がサビに入ったところらしい。軽く伸びやかな声がギターに合わせて言い出せない気持ちを歌っている。海星は香水を使った事がないので、匂いに噎《む》せる感覚が想像出来ない。

カーテンを開けると窓に雨が打ち付けている。白くぼやけた景色は明るくて、雲の向こうを行く太陽を思わせる。

今日は陽人が朝から美容室の予約があると言っていた。買い物をして帰るとも話していたから、帰りは午後になるだろう。

海星はソファに座って音楽と毛布に身を委《ゆだ》ねようとした。

コンセントに差したモバイルバッテリーが充電完了の緑ランプを点《とも》している。海星はそれを抜いてバッテリーをテーブルに置き、コードを纏《まと》めてカップボードの抽斗《ひきだし》に仕舞った。再びソファに腰を下ろすと、床に転がるティッシュ箱が目に入る。

海星が箱を拾い上げるとティッシュが殆《ほとん》ど残っていなかったので、洗面所の収納から替えを持って来て、ロウテーブルの下の棚に二つ並べて置く。

今度こそソファに身を落ち着けたが、テレビのリモコンがテーブルの縁に沿っていないのが気になって腕を伸ばした。

(もう電車に乗ったかな)

海星はリモコンとテーブルの縁を平行にした。

明日、両親が帰って来る。

雨宮骨董《こっとう》店の買い付けを担っており、二人とも国内外の骨董市やオークションを回るディーラーだ。時には骨董市に出店をする事もある。

先週帰宅した時は母一人で、鑑定前の仕入れ品を置いて翌日には旅立ってしまった。が、明日はギリシャから帰る母とエジプト帰りの父が静岡で合流して帰る予定で、両親共に二週間は家にいられると言う。

ソファに積んだ洗濯物が目に付く。除《の》けなければ四人座れない。

海星は毛布から抜け出て立ち上がり、一番上のタオルからたたみ始めた。

「十一時までニュースをお伝えします」

最後の曲だったらしい。耳に残るサビのメロディを口遊《くちずさ》み、タオルに続いて靴下のペアを捜す。

美しい日本語で伝えられる何処かの誰かの不幸。国同士の駆け引き。年末に向けた大型イルミネーションの予告。どれも海星には無縁な壁の外の話だ。

「──からの、登山者一名と連絡が付かないと通報を受け、登山計画に沿った捜索が行われています。行方不明になっているのは、日本を旅行中のタレク・ファティさん。地元警察は登山の前後のファティさんを見かけた人からの目撃情報を求めています」

「タレク・ファティ……」

聞き覚えがある気がして、海星は靴下の爪先《つまさき》を合わせ直した。

逆に、聞き慣れない音だから似た響きに聞こえるだけだろうか。陽人の話では宝石のカッティング職人をするエジプトの人で、フルネームはもっと長かった。

「日本にいる訳ないや」

海星は洗濯物の山を次々と切り崩してたたみ、行き先別に分けて立ち上がった。

ピコピコと、タブレットが鳴る。

通話の通知だ。

海星はロウテーブルに伏せたタブレットを開いて応答ボタンをタップした。

「兄さん」

「海星」

買い物の希望でも訊《き》かれるのだと思った。しかし、陽人の声が明るさに欠ける。

「お昼は食べた？」

「まだ」

「冷蔵庫にオムレットがあるから、よかったら食べて。それと、冷凍庫にキッシュとグラタンがあると思う」

「兄さん、何か変だね」

彼から話しかけているのに声の調子が上の空だ。海星が訝《いぶか》って尋ねると、陽人はややあって漸《ようや》く本題を切り出した。

「前に話した事があるエジプトのカッティング職人を覚えている？」

「うん」

嫌なタイミングだ。海星は無意識にラジオを見た。スピーカーからは大学教授に質問をする子供の声が流れている。

海星はタブレットを持ち上げて移動し、ラジオの電源を切った。

反動で静寂が殊更、無音に聞こえた。

「日本に来て、事故に遭ったみたい」

「登山中？」

陽人が三秒、押し黙る。後ろで不思議な電子音が一音、響く。

「ニュースで言ってた」

「そっか、うん」

海星が言葉を足すと、陽人は観念するような相槌《あいづち》を零《こぼ》した。

「それでね、お父さんが一緒に入国していたらしくて、警察で取り調べを受ける事になったんだ」

「えっ」

海星は自分が声を発した事を、耳から聞いて後から気付いた。

『事故に遭ったみたい』

陽人の言い回しは事故以外の可能性を含んでいた。少なくとも警察は疑っているのではないか。

父、雨宮宵《しょう》の関与を。

「海星、聞こえる？」

「……うん」

頭で血液が回転しているかのようだ。ぐるぐるぐると内側から振り回される。

「お母さんも事情聴取を受ける事になると、身動き取れる人間がいた方がいいと思うから、僕も今からあちらに行ってくるね」

陽人が話す後ろでノイズ抑制を擦り抜けた電子音が鳴る。自動改札の音だ。彼はもう駅に着いている。

「兄さん」

「大丈夫。僕もお父さんの潔白を証明出来るようお友達に話を聞いたりしてみるよ。戸締まりをして、何かあったらすぐに連絡していいからね」

陽人は優しく気遣って、海星がぼんやりとしている間に通話を切った。

事故でなければ、父親の他に真犯人がいる事になる。

海星は逸《はや》る手をタブレットの画面に滑らせた。呼び出しのアイコンが点滅する度に、心臓が圧迫されるのを感じた。

2

横浜の街があっという間に車窓を過ぎて置き去りになる。

特急ひかりを待つより、早い時間の各駅停車こだまに乗った方が到着時間が早い事を調べた上で乗ったのだから、後は新幹線に任せて寛《くつろ》いでいれば良い。焦っても泣いても眠っても一時間の長さは同じだ。

陽人は読むつもりで買った本をトートバッグに入れた。

「本木先輩。どうしているの？」

二席続きの隣で、匡士が丸めた上着を腰に挟んでクッションを作っている。彼は何度か身動《みじろ》ぎして体勢を落ち着かせると、長い足を前座席の下に伸ばした。

「有給休暇でゴリ押した」

「仕事を休む方法ではなくて、理由を聞きたいのだけれど」

陽人は匡士に事故の話すらしていない。駅で待つようテキストメッセージが送られてきて、何分もしない内に本人が現れたと思ったら二人分の指定席を取り直し、あれよあれよという間に同じ新幹線に乗っていた。

匡士が腕組みをして顎《あご》を引く。沈黙を貫く姿勢かと思われたが、じっと見つめる陽人と目が合うと、匡士の結んだ唇が躊躇《ためら》いながら開かれた。

「海星に頼まれた。お前に付いて行って欲しいって」

「どうしてだろう？」

純粋な疑問が陽人の口を衝《つ》いて出る。

匡士は刑事だが、タレクの事件は神奈川県外だ。仮令《たとえ》、管轄内だったとしても担当課が異なる。彼に頼んでも捜査に関与出来ない事は海星も考えが及ぶだろう。

だが、不思議と匡士は陽人の疑問に眉根《まゆね》を寄せて、前後の空席を確認した。

「遭難事故でなかった場合、海星は真犯人が別にいると思ってる」

「僕もそう思うよ」

「だーから」

匡士が肘《ひじ》置きに体重を預けて陽人に半眼を向ける。

「真犯人が近くにいてお前まで何かされたらどうする。家族全員いなくなるかもしれないと思うのは、海星にとっては恐怖だろ」

「………。成程」

陽人は最初、理解が追い付かなかったが、自分の立場に海星を置き換えてみると、確かに自分は海星を決して一人では行かせない。

父の宵は他人と争う性格ではない。意見が対立したとしても、恫喝《どうかつ》や暴力で相手を黙らせる事を解決と勘違いする人でない事は、息子の陽人が誰よりよく知っている。宵は子供を叱る時ですら、ディベートの様に対等に意見を交わそうとした。

一方で、警察が留まらせるほどだ。不審な点があるに違いない。

「海星に心配をかけてしまった」

「身の程を知れ。心配してる奴がいる事を忘れるな」

「日本語よろしく」

「大体の意味が通じればセーフだ」

匡士が座席の背もたれを二センチ傾ける。陽人も同じ角度だけ倒して、英語のアナウンスを耳に素通りさせた。

「タレク・ファティはね」

「被害者?」

「かもしれない人。彼は宝石のカッティング職人をしているのだけれど、彼自身が宝石以上に価値のある人材なんだ」

「生命は金より重いって話ではなさそう」

匡士が辟易《へきえき》とした顔をしたが、仕事柄、物より人が軽んじられる場面を幾度となく見てきただろうから、捻《ひね》くれた見方をしてしまうのも致し方ない。事実、タレクの価値は生命の値段ではなかった。

「宝石は原石から余分を切り落とし、磨かれて、お店で売られるような形になる」

「柘榴《ざくろ》の中身みたいな奴は見た事ある。アメジストだったか」

「そういうの。採掘時は別の岩石に減《め》り込んでいると言えば伝わり易いかな。周りの基質を除去したり、色合いの良い部分を選んだり、歪《いびつ》な形状を削ったりして整える。大きな塊からでも質のいい宝石は極僅《わず》かしか採れない」

宝石に疎い匡士には、クルミの殻と実に喩《たと》えた方が伝わるだろうか。しかし、可食部位に絶対量があるクルミとは決定的に違うところがある。

「タレク・ファティはそれを増やす」

説明の切り口を探して結論から述べた陽人に、匡士が困惑の色を浮かべた。

「真珠や珊瑚《さんご》みたいに育てるって意味か？」

「採った後の話。彼がカッティングをすると他の職人に比べて倍量の宝石が採れる。目がいいのか、技術が優れているのか、本人は宝石の声が聞こえると言うらしい」

「宝石で倍は大変な事だぞ」

「ね。量を優先して欠片《かけら》まで磨いたような屑《くず》宝石ではなく、どれも一級品に仕上げるから、魔法の手と呼ばれて世界中の採掘者が彼を雇いたがっている」

「とんでもない利害が渦巻いてる事は理解した」

新幹線がホームで停まると匡士が口を噤《つぐ》む。彼は気にしていない風を装って車内を窺《うかが》い、乗車した客がいずれも離れた指定席に座るのを見て顎を引いた。

「本人の証言次第だ、何にせよ」

「無事だといいね」

陽人はざらざらした祈りを感じて、肺の辺りを拳《こぶし》で撫《な》でた。

緑の公衆電話という目印は待ち合わせには不向きに思われたが、陽人は実物を前にして考えを改めざるを得なかった。

緑に塗られたパイプの枠組みの中に、公衆電話が二台とレプリカのパーツが収まっている。プラモデルのランナーを模したようだ。

スーツケースを持った観光客らしき二人組がスマートフォンを構える。傍に立っていた女性が写真を撮るのだと察して移動しようとすると、二人組に話しかけられてその場に留《とど》まった。何かを頼まれているように見える。

足首丈のロングスカートに白い無地のシフォンブラウス、ブランドものでない大判のストールを肩に掛けた軽装で、地元の市民と間違えられたのではないだろうか。

彼女は言われるがままに受話器を手に取って耳に当てる。二人組が後ろから写真を撮る。彼女が浅く波打つ髪を背中で揺らして遠慮がちに振り向くと、二人組が親指を立ててオーケーサインを出した。

彼女は照れ笑いで親指を立て、こちらに気付いて開いた手を振った。

は人は手を小さく掲げ返した。

観光客の二人組が会釈をして地下通路に下りて行く。小鳥の様な声で呼ばれて、陽人は手を小さく掲げ返した。

「陽君《はる》」

「お母さん」

名を雨宮真紘《まひろ》という。

陽人は人の間を縫って彼女に合流した。

「何かお手伝いですか？」

「そうなの。人が実際に使っているところを撮りたかったんですって」

真紘が任務を達成したみたいに安堵《あんど》した顔で、追い付いて来る匡士を視線で迎えた。

「匡士君も来てくれたのね」

「っす」

「お仕事は大丈夫？」

「有休が溜《た》まってたし、ハンバーグ食べたかったんで」

行儀の良い匡士が面白くて、陽人は籠《こ》み上げる笑いを素直に顔面に反映させた。

「何だよ」

「何も」

首を傾げる真紘にまで説明したら反対に匡士に怒られそうだ。陽人は新たな観光客を理由に、二人を駅の出口へ促した。

「タレク・ファティはどうですか？」

「意識は戻ったのだけれど、混乱でアラビア語しか話せなくなっているから警察も事情を聞けないの。わたし達もお付き合いは英語でしていたから」

「通訳待ちっすね」

匡士が芳しくない反応をする。時間がかかる事を身に沁《し》みて解っている様子だ。

「きっと心細いと思うの。誰も面会を許可されていなくて、言葉も通じなくて、それにひどく取り乱していると警察の方から聞いたわ」

「おばさんも取り調べを受けたんですか？」

「少しだけ。わたしは山に行っていないから」

言い止《さ》して、真紘の足取りが鈍くなる。彼女はストールを首元で合わせ、意を決したように強い眼差《まなざ》しを二人に向けた。

「こんな事を言ったら宵君には慎重になりなさいって諭されそうだけど、お母さんね、犯人なんていないと思う」

「事故の確信があるなら警察に話した方がいいですよ」

「確信までは……」

匡士が背中を押すが、真紘は却《かえ》って後込《しりご》みする。彼女は引き上げたストールに口元を埋めて、隣を歩く陽人にしか聞こえないほど小声で言った。

「タレクさんは登山前、骨董《こっとう》店でバズビーズチェアに座ったの」

陽人は耳を疑った。喧騒《けんそう》が彼女の言葉を曲げたのではないか。

「バズビーズってあの？」

「オリジナルとは別物、似た謂《いわ》くのあるベルジェールよ」

真紘の顔から血色が失われる。

「何だ？」

匡士にとっては興味のない分野だろう。アンティーク、オカルト、或《あ》いは犯罪事件に関心を持つ人ならば一度は耳にする有名な逸話だ。

「殺人犯の椅子」

陽人は匡士と肩を合わせて声を潜めた。

「座った人間は生命を落とすと語られている、呪われた椅子だよ」

言霊に引き寄せられたかのように、冷たい空気が彼らの体温を急速に奪った。

3

マスクをした自分の顔が窓ガラスに映る。

両親にも陽人にも似ていない。長い前髪は重く、可愛げのない目付きに影を掛ける。唇は大抵への字に曲がり、つんとした鼻もまた彼の表情をつまらなそうに見せる。

海星は自分の顔を塗り潰《つぶ》すようにスプレーの洗剤を窓に噴射した。

両親は警察に留め置かれているのだろうか。匡士からは「ＯＫ」のスタンプが返ってきたきりで、陽人がどんな状態かを知る手段もない。

洗剤の泡が弾《はじ》けて、雫《しずく》が窓ガラスを伝って流れる。海星は洗剤が桟に着く間際で雑巾《ぞうきん》を当て、掃除に集中しようと手に力を入れた。

その時、キッチンのテーブルの上でタブレットが着信音を鳴らした。

海星は洗剤のボトルと雑巾を放り出して、手袋を外す間すらもどかしく思いながら、応答のボタンをタップした。

陽人が画面に現れるなり顔を曇らせた。

「海星、起きて大丈夫？」

「？　あ、マスク」

海星は人差し指でマスクを外して、耳元の髪を手櫛《てぐし》で直した。

「全然。掃除してた」

「偉いね」

「暇だから。兄さんは？」

「お母さんと会えたよ」

陽人の婉曲《えんきょく》な言い回しから父の宵はまだ自由に動けないらしい状況が伝わる。洗剤の匂いが微《かす》かに鼻を衝《つ》く。海星はタブレットを持って私室に戻った。

カーテン越しの午後の日差しが明るい。

ベッドは掛け布団が乱雑に丸まっていたので、椅子に座って机にタブレットを置く。

陽人の話は駅で母の真紘と会うところから始まり、宵が警察に幾度も呼び出されて話を聞かれている現状を説明した後、急旋回で物騒な単語を持ち出した。

「バズビーズチェア？」

「海星は知っているよね」

陽人が断定的に言うのは、彼が宵からバズビーズチェアの話を聞いた時、海星も一緒にいたからだ。

バズビーズチェアは、元は極普通の椅子だった。

木製で肘《ひじ》置き付き。背凭《せもた》れは格子状になっており、その一本一本に施された細工は、日本人ならば算盤《そろばん》に似ていると思う人が多いかもしれない。

制作は十七世紀の終わりと推定される。

椅子の名の由来となったバズビーは貨幣を偽造する犯罪者だ。言い伝えでは、義父を殺害した罪で死刑判決が下されたという。椅子はバズビーのお気に入りで、彼の死後、刑が執行された十字路に建つパブに置かれる事になった。

バズビーズチェアが呪いの椅子と呼ばれるのはそれ以後である。

この椅子に座った客が次々と生命を落とした。

メディアが報じた人数は正確性に欠けるが、記録に残っているだけでも複数の人間が椅子に座った後に不運な死を遂げており、早い者で三十分以内に事故が起きた。

パブの店名はバズビー・ストゥープ・インといい、そもそもバズビーの名を聞いて訪れる客も多く、興味本位で椅子に座る者が後を絶たなかった。

二十一世紀に入ってパブは閉店。現在はサースク博物館に展示されている。

生真面目な宵が加えた注釈によれば、ディーラーの間では件《くだん》の椅子が十七世紀に作られたものではない説が比較的濃厚とされている一方、本物のバズビーズチェアが今尚《なお》、存在する可能性は否定出来ないらしい。

古い道具を扱うディーラーだ。自らの奇妙な実体験が信憑性《しんぴょうせい》を強めるのだろう。

海星が頷《うなず》いてみせると、陽人が微笑む。覚えていた事を褒められた気分になった。

「お母さんに聞いてタレクさんが立ち寄った骨董店に行ってみる途中。実際に座ってみる訳にはいかないけど」

「絶対にやめて」

「うん、しない。安心して」

陽人が優しく応《こた》える。誰かの無罪を証明出来るとしたら、彼は呼吸をするより簡単に身を削りそうだから信用ならない。他人はそれを献身と呼ぶが、弟の目から見るに頓《とん》着《ちゃく》がないのだ。

「信じるからね」

海星は釘《くぎ》を刺すだけ刺しておいた。

陽人が少し笑って、身体を反転させた。彼の背後に映り込む景色が電柱からコンビニエンストアに変わる。

「僕は椅子を調べてみようと思う。警察が取り合ってくれるとは思い難《にく》いけれど、来歴に今回の様な事例があれば耳を傾けて貰《もら》えるかもしれない」

「それ、海星か」

コンビニエンスストアから匡士が出てくる。手にしたビニール袋が透けて歯ブラシと下着が見えた。

「ちゃんと飯食えよ。今すぐ階下の戸締まり済ませて来い」

「は？　締まってるけど」

「先輩、話の途中だから伝わらないよ。海星、僕は数日こちらにいる事になると思う。事情聴取が終わったら、お父さんとお母さんには先に帰って貰うね。明後日《あさって》まで一人でお留守番出来る？」

陽人が連絡してきた理由を聞いて、海星の心は別の方向に揺れ動いた。

「兄さん、俺も見たい」

画面の陽人がきょとんとする。思いも寄らなかったようだ。海星は言葉を足した。

「バズビーズチェア」

「別物だよ？」

「知ってる」

「うーん」

陽人が匡士を見上げる。匡士は情の欠片《かけら》もない他人事《ひとごと》顔で、鞄《かばん》に買った宿泊用具を詰め込んでいる。

黙って待ち続ければ兄が折れてくれる事は百も承知でのお願いだった。

皆に見えないと知るまで、海星には妖精《ようせい》とそれ以外の物の区別が付いていなかった。海星が箱の中で目を覚ました時から妖精は周りを飛んでいたし、雨宮骨董店には常に様々な姿形の妖精がいたから、サンルームに入り込んだアゲハ蝶《ちょう》を陽人が指差した時の違和感は未《いま》だ他の何にも喩《たと》え難い。

「アゲハ蝶」

「あげはちょゆ」

「鬼ヤンマ」

「おにまんま」

「ダンゴ虫、テントウ虫」

「だんごむしとてんとむし」

「綺麗《きれい》に真ん丸で機能的だねえ」

陽人は物知りで、海星の質問に何でも答えてくれた。だから尋ねた。

「兄さん、あの子は？」

海星に指で差されて、小さな生き物が恥ずかしそうにレンズの後ろに隠れる。

「覗《のぞ》き絡繰《からくり》という江戸時代のおもちゃだよ」

陽人は手袋をして小箱を持ち上げ、海星に使い方を教えた。

(あ、見えてない)

空から真実が降って来たかのように。

海星が唐突に理解した時、陽人もまた日頃の違和感の回答を得た様子だった。

人に見えていないからと言って、海星の生活に変化はない。多くの人々が桜やアゲハ蝶を見て綺麗だと思うのと同じように、海星も妖精を見て可愛いと思ったり奇妙な形だと不思議に思ったりするだけだ。

そして、多くの人々が好んで桜やアゲハ蝶を眺めるように、海星にも美しさや未知への関心はある。

呪われた椅子にはどんな妖精が憑《つ》いているのだろうか。

異質な妖精が死神の鎌でも構えていれば、椅子の呪いと判明して、両親に掛けられた容疑を晴らす事が出来る。

(本当に?)

ぐにゃり。

考えが過《よぎ》った瞬間、海星の胸の辺りで内臓が裏返る感覚がする。下肢で血液が泡立つように熱を帯び、足の裏に力が入らなくなる。

ベルジェールの妖精が死神の様な容姿をしていたとして、呪いか否かを見分ける術《すべ》を海星は持たない。妖精は話さない。妖精がいる事を証明出来ない。

自分だけが見ている幻覚ではないと言い切れない。

タブレットが着信を告げる。

「兄さん」

「お待たせ」

応答した画面に映し出されたのは広い店だ。

開けた一階フロアの奥側半分ほどまで、中二階《ロフト》が迫《せ》り出している。一階には大型の家具がメインに並べられて、骨董《こっとう》店というよりホームセンターの様な雰囲気だ。

「店長さんに許可を貰えたから、このまま階上に上がるね」

陽人の声がして、二人分の足音と共にカメラが階段を映す。壁に掛かる絵も写真のフレームも年代物だが、全てがアンティークに限られる訳ではなさそうだ。まだ形の不確かな光が画角の端に舞う。

中二階は階下より雑然としていた。照明は薄暗く、未開封の段ボール箱や緩衝材に包まれた彫像などが人の歩くスペースを限界まで狭める。縁を囲む手摺《てす》りは陽人の腰まであったが、一階との高低差を考えると低いようにも思えた。

陽人が横歩きで進んでいるのだろう、カメラが頻繁に段ボール箱の側面を間近に映してピントをぼやけさせた。

「見えるかな」

衣擦《きぬず》れの音がマイクに触れる。

「十八世紀のフランスで作られたロココ様式のベルジェール」

画面の中央に、壁際で孤立する赤い布張りの椅子が捉《とら》えられた。

「波の様な曲線のカブリオレ・レッグと、彫刻を引き立たせる金彩が特徴だよ。あと、肘掛《ひじか》けが短いでしょう？」

「居眠りしたらずり落ちて吃驚《びっくり》しそうだな」

「ジャーキングが錯覚じゃなくなるね」

陽人と匡士の会話が画面外から聞こえる。

「当時、スカートを膨らませたボリュームのあるドレスが流行《はや》った為、座り易いように肘掛けは短く、背凭《せもた》れは低く設計されている」

「家具を服に合わせるって発想はなかった」

「同時期のフォートゥイユ――一般的な肘掛け椅子との違いは、肘掛けと座面の間に板を入れて布を貼っているところ。腰にもクッションが置かれたりね。座った時の快適さが重視されたんだ」

「確かに、椅子というよりソファっぽいな」

画面の右側から匡士が入り込んで、椅子に近付く。

海星の喉《のど》が異様に渇いて吐息が熱くなる。

赤いベルジェール。

その座り心地の好さそうなフォルムとは裏腹に、身を固くした男が浅く腰掛けている。九十度に二回曲げた鉤針《かぎばり》を座面の縁に引っ掛けたみたいに、痩《や》せ細って陰鬱《いんうつ》な、影の様な妖精だ。

「幽霊……？」

陽人と匡士には見えていない。

シャツのボタンを上まで留めた窮屈そうな首を巡らせて、妖精が視線を動かす予兆が見える。海星は咄嗟《とっさ》に目を逸《そ》らして、短い呼吸で漸《ようよ》う酸素を確保した。

「綺麗なベルジェールだねえ」

カメラが椅子に近付く。歩の躊躇《ためら》いのなさから、やはり陽人には痩身《そうしん》の男が見えていないのだと分かる。

「兄さん」

海星が呼びかけると、陽人が足を止めてインカメラに切り替える。普段通りの穏やかな兄を見て、海星は自分が険しい表情をしていないかと、思わず前髪を手で梳《す》いて顔を隠した。

「大丈夫、座らないよ」

「そうして。椅子に人間くらい大きな妖精が座ってる。見た目は幽霊みたい」

「へえ」

陽人が感嘆して椅子の方を見遣《みや》った。

「まあ、座っているだけならとりあえず害はないね」

「冗談だろ」

画面の奥で匡士が面食らったように口の形を歪《ゆが》ませた。

「幽霊みたいな奴なんか、いるだけで迷惑だ」

何もしなくとも。

いるだけで。

(同じじゃないか)

海星はがらんとした部屋を見回した。無人の家が仮初の静穏に満たされる。窓の外がやけに明るくて、雲の流れで上空の風の強さを知る。

時の流れに交じれない部屋の中で、画面に映る妖精もまた動かない。

(あれは俺。人から見た『雨宮海星』)

脈動が心臓を殴る。心音が思考を押し潰《つぶ》す。

陽人を悲しませたくなくて、海星は謝る事さえ出来なかった。

4

ベルジェールを囲んだ四隅に自立のポールが設置される。間にビニールテープを渡し、正面に『お手を触れないで下さい』と書かれた紙がガムテープで吊《つ》り下げられた。

海星と通話をする前はこの状態だった。

「写真を撮らせて頂いてありがとうございます」

「お客様との交渉が上手《うま》く行くことを願っております」

店長が愛想良く答えて、使った道具をプラスチックの籠《かご》に一纏《まと》めに放り込む。

陽人が客に頼まれた理想の椅子に近いと言うと、彼女は快く撮影を許可してくれた。

話した印象では、店の経営が主な仕事で、彼女自身はアンティークにさしたる興味がないようだ。

静岡県警はベルジェールが捜査に関係あるとは考えていないらしい。

「厳重に管理されているのですね」

「所属のディーラーが、随分と高価な物だからキープアウトで展示した方がいいと言うんです。うちはリサイクル品も扱っていて、小さなお子さん連れのお客様もよくいらっしゃるので」

「仕入れもその方がなさったのですか？」

「お話しになります？　プロヴェナンスっていうのが要るんですよね」

「よろしければ是非」

「折角だから静岡茶も飲んで行って下さい」

店長が一階に下り立って、出口ではなく店の奥の方へ革靴の爪先《つまさき》を返した。

中二階の真下に当たるスペースに、コンビニエンスストアで見るようなステンレス製の陳列棚が並んでいる。展示された茶器が伏せて重なっていたり、帯留めが箱に詰め込まれていたりと、日用品の側面が大きいようだ。

階段箪笥《だんす》を背に欅《けやき》材のテーブルがあり、冊子や籠に入った飴《あめ》などが置かれていた。

「どうぞ」

店長がテーブルの上の物を端に寄せ、木匙《さじ》で急須《きゅうす》に茶葉を移す。

「浮枷《ふかせ》さん。お客様お願い」

ポットの湯を注ぎながら彼女があらぬ方へ声を掛けたかと思うと、入り口付近に佇《たたず》むキャビネットの陰から着物の男性が顔を出した。

扉脇に貼られた防犯用の身長メジャーは緑のエリアだから百六十センチ後半だが、縦《たて》縞《じま》柄が彼を細く長身に見せる。笑ったような糸目と下がり眉《まゆ》と前髪がほぼ平行で、感情が読み取り難《にく》い。

「ごゆっくり」

店長が湯呑《ゆの》みを二つ置いてテーブルを離れる。

入れ替わりでテーブルに着いた浮枷は、椅子には座らずに陽人の傍に立った。

「いらっしゃいませ」

「大変美しいベルジェールでした。状態が良好で、目立った接ぎ修理の痕《あと》もない。仕入れはどちらで？」

「というか」

浮枷は店長が去った方を見て、陽人に耳打ちをするように上体を屈《かが》めた。

「雨宮さんの息子さんですよね」

「はい。両親と御縁が？」

「写真で見た覚えがありました。浮枷といいます」

「雨宮陽人と申します。彼は付き添いの友人です。父がタレク・ファティさんとこちらに伺ったと聞いて」

「御挨拶《あいさつ》に来てくれました。ファティ氏を雨宮さんに紹介したのはボクなので」

匡士が訝《いぶか》しげに眉根を寄せる。陽人は飽くまで柔らかい態度を崩さないでおいた。

「こちらは宝石も扱われるのですね」

「というか、店の仕入れを任されていて、売れれば何でも自由です」

「ここどうぞ」

匡士が立ち上がり、自分が座っていた椅子を浮枷に勧める。浮枷は袂《たもと》を押さえて遠慮したが、匡士が茶碗《ちゃわん》を持って離れた席に移ってしまうと、仕方なくという風に椅子に腰を下ろした。

「来日もあなたが呼んだのですか？」

「まさかです。賃上げ交渉が難航して亡命を希望してると噂されてますけども、今回はただの観光旅行でした。付き添いを探していたので、エジプト近辺にいた雨宮さんにお願いしたのが事の経緯です」

浮枷に頼まれて、宵はタレクを連れて帰国し、登山に同行した。真面目な宵だから引き受けた事は責任を持って遂行しようとしただろう。そういう彼の性格が浮枷にも信用されたに違いない。

「雨宮さんは登山前にファティ氏を連れて来店しました。登山ガイドを頼んでくれて、ファティ氏もボクも憂いなくいられました」

「念の入れ方が父らしいです」

陽人が微笑みを傾けると、浮枷も合わせようとして、すぐに暗い顔をした。

「すぐに見送ればよかったんです。一昨日《おととい》、ベルジェールが届いたばかりだったので、バズビーズチェアを入手したと話題の種にしました」

「比喩《ひゆ》で」

「はい。雨宮さんには伝わりましたが、ファティ氏は宝石職人であってアンティークは素人です。第一にボクもファティ氏も英語は母国語ではありません。ファティ氏はとてもいい椅子だと言って、止める間もなく座ってしまいました」

匡士の椅子が軋《きし》む。彼は湯呑みを取り、出かかった言葉を押さえ込むように茶を喉に流し込む。彼らが何を言わなくとも、浮枷の顔色は後悔で蒼白《そうはく》になっていた。

「接触禁止の貼り紙はしていなかったのですね」

「というか、信じてなかったんです。もっと言うと、奇妙な謂《いわ》くがあると値を吊り上げてくれるお客様の心当たりが数人いて、嘘でも本当でも良かったというか」

無意識だろうか、浮枷が嫌なタイミングで過去形を挟む。

「雨宮さんが出立しようと急《せ》かしましたが、ファティ氏は背凭《せもた》れに頭を預けて仰向《あおむ》けに寝そべるように寛《くつろ》いでました。長旅の疲れもあったでしょう、目を瞑《つぶ》って五分ほどしてから立ち上がると、急に蹌踉《よろ》けて手摺《てす》りに倒れ込んだんです」

彼の視線が中二階の底に向けられる。もしタレクが陽人より長身なら、あわや落下の危機だ。

「体調が良くないなら登山は延期出来ると、雨宮さんが言ったんですけども」

「父は延期を勧めたのですか」

「というか、ええ。本人は照明で目が眩《くら》んだと笑い飛ばしました」

浮枷が明確《はっき》りと頷《うなず》いた。宵がいよいよ疑われる事になったら、重要な証言になりそうだ。浮枷は眦《まなじり》を人差し指で引っ張って、糸目を更に細くする。

「タレクさんが事故に遭ったんですよね。雨宮さんも一緒に？　だから、雨宮さんが息子さんを寄越したんですか？」

宵が容疑者に挙がっている事を浮枷は知らないようだ。

沈黙は憶測を招く。

陽人が黙ったのは宵の立場を説明する加減を見極める為だったが、浮枷は肯定と捉《とら》えた上に、攻撃と看做《みな》したらしかった。最早《もはや》、眇《すが》めた糸目を笑顔と見誤りはしない。

「ボクを責めるのは筋違いです」

浮枷の声が極寒の拒絶を宿した。

「タレクさんが勝手に椅子に座ったんです。雨宮さんが巻き込まれたのはタレクさんの所為《せい》ですよね。というか、呪いなんて御伽話《おとぎばなし》です。うちに責任はありません」

浮枷の言葉の棘《とげ》が、陽人には後ろめたさに聞こえる。

「だったら、どうして貼り紙をしたんです？」

匡士が茶を飲むついでに素っ気なく矛盾を指摘すると、浮枷は真綿で首を絞められたみたいにじっとりと冷や汗を掻《か》き始めた。

ディーラーにも様々な人がいる。

利益重視で手広く商売をする者は寧《むし》ろ一般的で、身銭を切って文化を保全するのは国と美術館が受け持つ分野だ。善人であれば良いというほど単純な世界ではない。どの一人を取っても異なる考え方を心に据えて我が道を貫いている。

だが、来歴に名を連ねる重大さを、陽人は父に教わった。

「責任はありますよ」

白けた顔で取り繕う浮枷に、陽人は素知らぬ顔で微笑みかけた。

「アンティークは実物のみならず、歴史や逸話、過ごした時間に価値が生まれます」

雨宮骨董《こっとう》店が鑑定書を必ず自筆で綴《つづ》る理由。

「百年後の所有者から見れば、現代の私達ディーラーも来歴の一部です。現時点の評価は永遠不変の鑑定結果ではありません。人間と同じです」

「というか、ディーラーなんて仕入れて売ったらそれっきりでしょ」

浮枷の前髪が風に吹かれて平行を崩す。新聞紙の束を抱えた店長が入り口の扉を膝《ひざ》で押さえて、開けたまま彼に呼びかけた。

「浮枷君、ハサミ知らない？　昨日、使ってたよね」

「見てみます！——悪いけど、仕事あるから」

店長に返事をして、浮枷が椅子を引く。

「僕達も帰ります。お邪魔しました」

「お茶、御馳走様《ごちそうさま》です」

匡士が合わせて礼を言うと、浮枷は二人が店の外に出るのも待たず、早々に作業に取りかかった。新聞紙が冬風に煽《あお》られて忙《せわ》しなくはためいた。


呪われたベルジェールが座った者を即死させるのであれば即解決だった。

本家のバズビーズチェアも亡くなった人は風呂場《ふろば》で足を滑らせたり、エレベーターで事故に遭ったり、野犬に襲われたりと、呪いとの因果関係は証明不可能である。

警察はタレクの滑落に現実的な原因を求める。

ベルジェールは無実の証拠にはなれない。

「登山ガイドさんに当日の話を聞いてみた方がいいかな。ねえ、先輩」

陽人が大通りの信号で止まって横を見ると、匡士がいない。振り返ると、彼は浮かない顔で明後日《あさって》の方を見ている。

「本木先輩」

陽人は匡士の進路を塞《ふさ》いで有無を言わさず目を合わせた。匡士がぎょっとして飛び退《しさ》り、赤信号を見上げて瞬《まばた》きをした。

「悪い」

「座ってもないのに事故に遭われたら呪いの椅子も立つ瀬がないよ」

「立たんでいい」

匡士は普段の調子で言い返したが、またすぐに浮かない渋面になる。

「お店にいた時から上の空だったねえ」

陽人の知る匡士は怠惰な正直さで本音パンチを繰り出し、浮枷の鳩尾《みぞおち》を抉《えぐ》る人だ。今日の彼はあまりに大人し過ぎる。

匡士は青信号に備えて順に消えていくランプを見上げながら、陽人から距離を取るように重心を左足に傾けた。

「海星が悄気《しょげ》た顔をしてたのは、おれの所為かもしれないって考えてた」

「よく分かったね。海星はあんまり表に出さないのに」

「何年の付き合いだと思ってる」

「一、二……十年くらい」

陽人が指折り数えるのに合わせて、信号の待機ランプもカウントダウンが進む。間もなく終わる青信号に滑り込もうと、車が勢いよく横断歩道を通過する。

匡士が深く溜息《ためいき》を吐いた。

「十年見てきたくせにまだ失念するんだ、おれは。『幽霊みたいな奴はいるだけで迷惑だ』なんて、海星が自分に重ねてないといいんだが」

「あー、重ねただろうなあ」

海星は顔に出さないようにしていたが——顔に出難《にく》い性質《たち》でもあるが、匡士の反応を聞いて僅《わず》かに睫毛《まつげ》が下を向いたのは陽人にも見えた。

匡士が閉じかけた口を強張《こわば》らせる。

信号が青に変わったので、陽人は歩を再開した。

「心配いらない」

「いつもの兄馬鹿は何処に行った」

横断歩道の七分目で匡士が追い付く。

陽人は冬空から降り注ぐ午後の暢気《のんき》な日差しを感じて微笑んだ。

「海星が行き詰まっているとしたら、そうさせているのは自分が何もしていないという不安ではない。家族を助けたいという好意だと思うから」

怖がって作る壁と、前進してぶつかる壁はまるで別物である。

「前向きな絶望は力に出来るよ。海星だもの」

「やっぱり兄馬鹿だ」

「自慢の弟です」

「今はその馬鹿に乗っかっとく」

何故、匡士はこうも端々で口が悪いのだろう。家族以外でこれほど海星を気に掛ける人もいない。

「先輩って人知れず悪を倒して、誰からも感謝されずに死んでいくタイプだよね」

「お前は善人ムーブを深読みされて真っ先に吊《つ》られる市民だよな」

「守って下さい、騎士さん」

陽人が手を合わせて拝むと、匡士が鼻で嗤《わら》う。

青信号が点滅する。横断歩道を渡り終えるまであと数歩。

「陽人」

匡士に呼ばれて笑い返そうとした時、焦りを孕《はら》んだ足音が駆け寄って、陽人の背中に鈍い衝撃を押し付けた。

5

天井に虹《にじ》の子供がいる。

太陽の光を反射した何かがプリズムになっているのだ。

海星はベッドの上で身体を起こした。不貞寝《ふてね》をしたお陰で嫌な気分は有耶無耶《うやむや》にぼやけ、思考は晴天の様にすっきりしている。

気に入りの毛布を肩に掛けて、海星はタブレットを開いた。

着信はない。中断タスクを一覧表示させると、関連情報を手当たり次第に調べた無様な痕跡《こんせき》が突き付けられた。

バズビーズチェア。山岳の遭難事故。宝石のカッティング技術。エジプトから日本への航空料金と、徒歩で目指した場合の最短ルート。

インターネットで見られるバズビーズチェアの写真には、妖精《ようせい》を見付ける事が出来なかった。理由は複数考えられる。映り込まなかった。海星が見逃している——写真より動画の方が見付けやすい。展示品が実物でない可能性もある。

(呪いの椅子には皆、背の高い幽霊みたいな妖精がいるのかな)

だとしたら、客が不用意に座らぬよう壁の高い位置に打ち付けられたバズビーズチェアには座れないのかもしれない。

全ては海星の想像の域を出ない。

(幽霊……)

ベルジェールの妖精はタレク・ファティに憑《つ》いて行ったのだろうか。

海星は妖精の姿を脳裏で反芻《はんすう》した。

装飾品と違って椅子を担いで登山をした訳ではない。あの妖精も椅子に腰を据えて、動く様子はなかった。

「何故あんな窮屈な座り方をしていた？」

ベルジェールはカテゴリ上は椅子の一種だが、形状はソファに近く、快適に寛《くつろ》ぐ用途で作られたと陽人が言っていた。

ところが、妖精は浅く腰かけるだけで、針金みたいに背筋を直立させている。

海星は試しに椅子の縁ギリギリに身体をずらして、ベルジェールの妖精の真似をしてみた。腿《もも》が張る。腰が反る。脹脛《ふくらはぎ》が震えて脛《すね》に痛みが集まってくる。背中を丸めて息を吐きたい。

（この体勢はまるで）

海星は思った。

まるで、何かを拒んでいるような。

刹那《せつな》、机の上でタブレットの呼び出し音が鳴った。

「もくもくさんだ」

陽人と別行動をしているのだろうか。海星が応答のアイコンをタップすると、匡士の気怠げな声だけが繋《つな》がった。

「おう、海星。御機嫌麗しいか？」

「怖……」

「礼儀正しいだろうが」

語調を荒らげたら、ただの匡士に戻った。

海星は椅子に深く座り直して、毛布を引き寄せた。

「兄さんは？」

「それが」

匡士の声音が再びトーンを落とす。海星が不思議に思ってスピーカーに耳を欹《そばだ》てると、ノイズキャンセラーをすり抜けて別の声が途切れ途切れに聞こえた。

「助か——す。あ——が、うござ——」

葉擦れが周囲の音を巻き込んでマイクに拒絶される。匡士が空咳《からせき》をした。

「骨董《こっとう》店のディーラーが登山ガイドに連絡をしてくれたとかで、陽人が今話してる」

「親切だね」

「良心の呵責《かしゃく》だろ。すげえ突進だった」

海星にはピンと来ないが、ビデオ通話を切った後に一悶着《ひともんちゃく》あった事が窺《うかが》い知れる匡士の口振りだ。

「で、手持ち無沙汰《ぶさた》だったもんで、海星はどうしてるかと思って掛けてみた」

「俺を暇潰《ひまつぶ》しに使わないでよ」

「いや、まあな」

匡士が妙に気弱に思えて調子が狂ってしまう。弱った人に追い打ちを掛ける趣味はない。海星は左の頬を膨らませ、毛布を頭からかぶった。

「嘘。兄さんに付いて行ってくれてありがと」

「ちょうど、ぼちぼち休んで何処かへ行こうと思ってたとこだ」

「お待たせ」

陽人の声が今度は明瞭《めいりょう》に聞こえた。

「通話の相手、海星？」

「おう」

「海星、いい話が聞けたよ。お父さんの容疑を否定出来そう」

「本当？」

「ほんとか」

海星と匡士が同時に尋ねると、一呼吸の間で満面の笑みを浮かべる陽人の顔が思い浮かんだ。

＊

横断歩道を駆け抜けた浮枷が、勢い余って陽人の背中に体当たりする。

彼は息を切らせて、それでも謝罪や考えを曲げるような事は言わなかったが、差し出したメモには急いで書き殴ったような数字が並んでいた。

「十分後に出発らしいので、掛けるなら今の内です」

浮枷はメモを陽人に押し付けると、話しかける隙を与えず踵《きびす》を返す。信号が赤でなかったら彼の狙い通り、颯爽《さっそう》と退場出来たはずだ。

居残りを余儀なくされた着物の背中が所在なげに皺《しわ》を寄せた。

「ありがとうございます。タレクさんが回復したら必ず連絡を差し上げます」

「そうして貰《もら》えると」

浮枷は語尾を曖昧《あいまい》に濁して、青信号に変わると同時に店へ帰って行った。

メモには数字の他に、登山ガイド、阿川《あがわ》の文字があった。

宵とタレクが依頼したプライベートガイドだった事、彼も警察の事情聴取を受けた事は、陽人が名乗った途端に本人から教えられた。

「お客さんは自分から逸《そ》れたんです」

彼は不満げな早口で捲《まく》し立てた。拳《こぶし》か何かで物を叩《たた》くような音もする。

「自ら生命を？」

「いやいやいやいや、勘弁して下さい。そがな事よう言いません」

阿川は軽妙な口調で誤魔化して、言葉の重みをはぐらかす。

「先頭をお父さん、真ん中がエジプトのお客さん、最後尾をぼくが歩いてて、お父さんに道を指示してる間に勝手に脇道に入っただけです」

「因《ちな》みに言葉は」

「ぼくが日本語を話して、お父さんが英語で通訳してました。言葉が通じやん所為《せい》ですかね。そっちじゃないって呼び止めてもずんずん進んで行きよるし、お父さんが走って追いかけたんです。勿論《もちろん》ぼくも追いかけましたよ。そしたら、あっ！　と言う間に沢に転がり落ちちゃって、下を覗《のぞ》いても見えやんし呼んでも応《こた》えやん」

俄《にわ》かには信じ難い奇妙な状況だが、阿川が法螺《ほら》を吹いているようには聞こえない。

「洗い浚《ざら》い話したんですけどね。お父さんが嘘の道を教えてないかー、落ちる間際に接触はなかったかーって、警察ってのは疑り深いったら」

「阿川さんは父を疑っていないのですね」

「なんも、一緒におったさけ」

興奮気味に答えて数秒、阿川の気配が遠くなる。出発の準備に気を取られたようだ。

「本人と話が出来たらきっと、蝶々《ちょうちょう》を追いかけたとでも言いよるよ」

山に掛かった笠雲《かさぐも》も吹き飛ばしそうな阿川の快活な語り口だった。

＊

阿川の証言は宵に大きく味方する。

陽人は確信しているが、警察は決定打としていないから宵の事情聴取が続いているのだろう。宵が事前に都合のいい作り話で谷底を覗《のぞ》き込むよう誘導しておけば、阿川は無実の工作に利用出来る。

『父さんの嫌疑はまだ』

海星は匡士宛てにテキストを途中まで打ち、送信を思い止《とど》まって削除した。画面が見える位置に陽人がいれば、確証もなく不安にさせるだけだ。

「タレク・ファティは何を見たのかな」

蝶ではないだろう。大陸を越えて日本を訪れ、現地ガイドと案内人の声に耳も貸さず道を逸れる理由があった事は間違いない。

それこそ、幽霊に手招きされるような強烈な何かが。

海星は言葉に出さなかった。しかし、二人の頭にもベルジェールが過《よぎ》っただろう。匡士が共通の無意識を辿《たど》るように話を継いだ。

「呪いの椅子は知らないが、山の神秘なら聞いた事がある」

「山岳信仰？」

陽人の問いかけに、匡士が答え倦《あぐ》ねて唸《うな》る。

「その辺は詳しくない。ただ、行方不明者の捜索に駆り出された時に地元の猟師に注意された。『目に見えてるもんと身体の感覚が一致しない時は、疾《と》うに山に化かされてる。助けが来るまで動くな』」

「脳の機能障害かな。高所の街では、酸欠で意識を混濁させたディーラーがあり得ない取引をすると言うけれど」

二人の会話が妙に引っかかる。海星は通話アプリをバックグラウンドに回して、昼寝前に開いていたブラウザに切り替えた。

開きっ放しになっている複数窓のひとつに、登山に関する怪談があった。

「これ……」

文面を斜め読みして寝落ちする直前のぼやけた記憶を確認する。

人知を超えた遭難事故と帰還者の証言。

浅く腰かけた鉤針《かぎばり》の様な妖精《ようせい》。

「兄さん」

「陽人、海星が呼んでる。海星、どうした？」

匡士の深い声が耳の奥を振動させて、海星を思考の淵《ふち》から引き上げる。

「ベルジェールの妖精が教えてくれた」

虹《にじ》の欠片《かけら》が光を集めて閃《ひらめ》いた。

6

午後の骨董店は絵に描いたような麗《うら》らかな昼下がりにあった。

直射日光を避けて下ろしたブラインドは白く、それ自体が日差しを含んで店内に柔らかな明るさを齎《もたら》す。

「いらっしゃいませ。あらら、さっきの」

店長が陽人と匡士を順に見て軽く驚いた顔をする。

「何度もすみません」

陽人の再訪を商談の進行と受け取ったらしい。ベルジェールを見せて欲しいと頼むと、店長は二つ返事で案内を買って出た。

「上等な椅子ですものね。お取引が固まるまでお取り置きも致します」

「どうもありがとうございます。ところで」

階段を上り、段ボール箱の間を通って、ベルジェールが眼前に現れる。陽人が手摺《てす》りの傍らに立つと、階下の浮枷がこちらを窺《うかが》っている。

「ハサミは見付かりましたか？」

簡単で、場違いな質問が、店内の音を吸収したように感じられた。

「一体どういったお話でしょうか」

「失礼。始める前に」

匡士が店長と陽人の間に割って入る。彼は懐から警察手帳を取り出して、反対の手でスマートフォンを掲げた。

「これからお話しする内容は、ある事件の捜査情報として扱われる可能性があります。録画及び録音に同意して貰えますか？」

「警察の、捜査」

店長があからさまに緊張して肩を怒らせる。不穏な気配を察知した浮枷が探り足で階段を上がって来る。

「問題があるようでしたら、記録の代わりに捜査員を呼ぶか、椅子を署にお持ち頂いてそちらでお話を聞くのでも大丈夫です」

匡士の譲歩に、店長は青いシャドウの目を瞠《みは》り、両手を身体の前で振った。

「御自由に録画なさって下さい。捜査協力に異存ございません」

「助かります」

匡士が警察手帳を仕舞って録画を開始する。店長が緊張した面持ちで匡士と陽人から目を背けようとする。

「当店のハサミが何の事件に使われたのでしょうか」

「ハサミは直接関係しません。しかし、重要な情報です」

匡士がそこまで説明すると上体を退《ひ》いて、傾げる首で陽人に委《ゆだ》ねる。

陽人は店長と階段の下り口で及び腰になる浮枷に、のんびりと話しかけた。

「最後にハサミを使った場所を思い出せますか？」

「私は一昨日《おととい》、茶葉の袋を開けるのに使いました。その後は、あなたに貸したわね。ビニール紐《ひも》とガムテープと纏《まと》めて籠《かご》に入れて」

店長が浮枷に水を向ける。受けた浮枷の黒目が無意識下の動きを見せる。

視線の先でベルジェールがポール に囲まれている。四本のポール間にビニール紐を渡して、接触を禁ずる注意書きを吊《つ》り下げる。

「浮枷さん、ハサミに覚えはあります？」

「というか昨日ここで使いました。片付ける時に籠を落としてしまって、中身が方々へ跳ね飛んだんですが、今日見たらハサミだけなくて……」

怯懦《きょうだ》と虚勢、不愉快と疑念が浮枷の顔に去来する。

「先輩」

「ん」

匡士がスマートフォンを構えてベルジェールに近付く。

「というか、雨宮さんの息子さんが警察の人だったとは知りませんでした」

「僕は駆け出しのディーラーです。彼は高校の先輩で、呼び名って抜けませんね」

「あった」

陽人が浮枷に答える横で、匡士が床に這《は》うようにベルジェールの下を覗き、左手でスマートフォンの角度を固定する。そうして右手を座面の下に潜り込ませ、彼は腕を引きながら起き上がった。

匡士が右手にハサミを摑《つか》んでいる。持ち手は黄色のプラスチック、合わせた刃の支点には錆《さび》が浮いて、使い古された根本に刃毀《はこぼ》れが確認出来た。

「椅子の下に入り込んでいたんですね。浮枷さん、よく見て」

「見ました。ハサミが切れなくてビニール紐の繊維が落ちたので、椅子の下まで掃除機を掛けてます。でも、ハサミはなかったです」

浮枷に怪訝《けげん》がられて、匡士がスマートフォンを指差す。録画してまでマジックを使う場ではないのは皆が承知しているだろう。

「昨朝、タレク・ファティ氏はこの椅子に座り、眩暈《めまい》を起こして蹌踉《よろ》けたと話してくれましたね」

「照明で目が眩《くら》んだと言ったんです」

「そうでした。もうひとつ、彼は山でガイドの制止に耳を貸さず、道を逸《そ》れて獣道に入って行きました。このような事例は時々、起こるそうです」

陽人が言葉を切ると、店長が思い当たったように手の平を打つ。

「蜃気楼《しんきろう》を見て迷子になった知り合いならいます。本人は帰り道を下っていたと言うんですが、発見されたのは上り坂に分け入った先でした」

「山に馴染《なじ》まれた方は知見がおありですね」

陽人は敬意を籠《こ》めて微笑んだ。

「古くは狐狸に化かされた、神域を侵した天罰だと語られました。現代に於《お》いて原因は深い霧、ブロッケン現象に代表される気象の影響や、疲労、酸欠、脱水症状が引き起こす幻覚症状、磁場に因る脳機能障害と推測されています」

店長と浮栁が要領を得ない様子で、匡士の方を窺う。

匡士がハサミの刃の方を持ち、黄色い持ち手を前後に揺らして見せた。

「ハサミは椅子の底面に張り付いてました」

床を拭《ふ》いてもハサミが見付からない訳だ。

陽人はトートバッグから白い手袋を取り出して、指先まで丁寧に嵌《は》めた。

「失礼します」

ビニール紐の際に立ち、腰の支えに置かれたクッションを優しく掴む。それから、パイピングをされた右端を摘《つま》み、ぶら下げた状態で座面に近付けると、クッションに引き寄せられる力が加わって宙で斜めに傾いたまま静止した。

「まあっ」

「……磁石？」

陽人が手を離すと、クッションは物理的に吸い寄せられて元の位置に戻った。

座面とクッションの中に磁石が埋め込まれている事は、誰の目にも明白だった。

海星が見た妖精が座る時に接触を避けた位置である。

「製作当時の細工と断定は出来ません。付属品の紛失防止に磁石を用いるアイディアはユニークです。しかし、目的にそぐわぬ強力な磁力を保持している」

意図したものでないと考えるのは陽人だ。一方で匡士は、過去の所有者が仕込んだ悪意の説を推した。

渡り鳥は地球の磁気を感知して土地を渡るという。魚、虫、人間もまた地磁気を感じる磁覚を持つとする研究もある。磁力が人体に及ぼす影響は研究半ばの分野だが、磁気治療や山での遭難といった結果論も完全には否定出来ない。

呪いに近しい因果律。発端と結果をブラックボックスが繋《つな》いだ経験則だ。

「タレク・ファティ氏は設置面が大きい状態でベルジェールを使用しました」

「というか、関係性は証明出来ないですよね」

「はい。原因不明の体調不良を起こしたタレク・ファティ氏の、直近の行動のひとつに過ぎません。けれど、杞憂《きゆう》でも対応を講じるべき事案と考えます」

同時にベルジェールの磁力が要因ならば、タレクと意思疎通が叶《かな》う通訳が手配され次第、宵の容疑は晴れるだろう。

だから、この話は手を尽くしたと思いたい陽人の自己満足だ。

「浮枷さん。要は、磁石を抜けば販売可って事かしら」

「磁石が最初から入っていた物だったら、抜く事で価値が下がります。それに、胡散臭《うさんくさ》い方が大枚叩《はた》くお客様もいます」

「後から追加された物だったら、入ってる方が価値を損ねない？　それに、胡散臭い経歴は消えないわ。今回の件もプロヴェナンスに書けばいいじゃないの」

「論破しないで下さい」

浮枷が糸目をすっかり閉じて額を押さえる。

どんな方針で売買を取り行おうとも彼の自由だ。陽人は陽人で自身の信念に従い、出来る事をするのみ。

陽人はクッションの位置を整え、指先を揃えた手でベルジェールを示した。

「雨宮骨董《こっとう》店の名に於いて、こちらのベルジェールは安全対策が不可欠な要注意品と鑑定致します」

陽人が告げると、店長が胸を張り、浮枷が決まり悪そうに眦《まなじり》を掻《か》く。

匡士がスマートフォンの録画に幕を引いた。

7

扉が開く音がする。

廊下を歩く。洗面所に寄って手洗いうがいを済ませる。階段を上る、三和土《たたき》で靴を脱ぐ。大凡《おおよそ》の感覚で頃合いを数えて、海星は知らぬ顔で冷蔵庫を開けた。

「ただいま」

陽人がキッチンを覗《のぞ》いて朗らかに笑った。

「おかえり、兄さん」

海星は炭酸水のペットボトルを取り、グラスに注ぎ足した。まだ充分に水位があったと遅れて気付いたが、手で隠れて陽人には見えなかったと思いたい。

「お父さんとお母さんはタレクさんが退院するまで付き添うって」

「警察は？」

「事故と判明したから捜査は終わり。先輩は仕事が終わったら顔を見せると言っていたよ。海星にお土産があるみたい」

「兄さんに渡せばいいのに」

匡士の行動は合理性を欠くと海星は常々思う。だが、今回は世話になったのも事実だ。面と向かっての礼も吝《やぶさ》かではない。成長だの大きくなっただのと面倒な反応をされなければ良いが。

「海星」

「何？」

陽人がリビングのソファに腰を落ち着ける。疲労感が彼に淡いヴェールを掛ける。

「ありがと。皆とベルジェールを助けてくれて」

「別に」

海星は前髪の下で目を伏せた。

家族の人生が脅かされている時に、海星は家から出る事も叶わず、いつも通りタブレットを見ていただけだ。

陽人が背凭《せもた》れに横倒しに寄りかかって小さく笑う。

「前からずっと、海星がいてくれてよかったと思っているよ。数えきれないくらい、何度もね」

グラスの炭酸水が爽涼《そうりょう》な泡音を立てる。

海星は陽人の安らかな寝息を聞いて、ベルジェールの妖精《ようせい》も今頃、姿勢を崩して寛《くつろ》いでいるだろうかと思った。

終幕

母国語で話す事は、呼吸に等しい。

思いを言語化して自由に取り出す事が出来る心地よさ。文法を端折《はしょ》っても造語を作っても相手に伝わる絶対的自信は万能感にも通ずる。

通訳を相手に伸び伸びと話すタレク・ファティを眺めて、真紘は頬が弛《ゆる》むのを抑えられなかった。

「これで安心ですね、宵君」

壁に寄りかかる事もせず、直立不動で控える宵に囁《ささや》きかけると、宵は漆喰《しっくい》で塗り固めたような仏頂面で問い返した。

「疚《やま》しい所はなかったので」

「お子さん達が頑張ってくれたみたいですよ」

「彼らの健やかな成長を祝福します」

お互いに何処か他人行儀な言い方で感情と距離を取る。

宵は浮枷に連絡して詳細な話を聞いたようで、通話を切った後はいつもの仏頂面が僅《わず》かに眉根《まゆね》を狭めていた。ディーラーの仕事は時に危険を伴う。身に染みていればこそ、我が子となれば過保護な思いもちらつくのだろう。

もう一人の息子にも。

無意識に下がった真紘の視線を掬《すく》い上げるように、宵の手の平が上を向いた。

「真紘さんは疑われていなかったのだから、事情聴取が終わり次第、帰っても良かったのでは」

「帰りません」

「残っていても何も」

「帰りません」

真紘が笑顔でくり返すと、宵は黙って眼鏡を押し上げた。

「アミアさん」

雨宮の発音が苦手なタレク・ファティが、独特な音で二人を呼ぶ。真紘は宵に合わせて、彼のベッドサイドに歩を進めた。

ベッドには荷造りを済ませたスーツケースが横たわり、タレク・ファティも外出着で身支度を整えてスリッパを革靴に履き替えている。

彼はベッドを回り込んで、宵と真紘に見様見真似のお辞儀をした。

「私が迷子になった所為《せい》だったね。ごめんね。飛行機で寝なかった私が悪い」

「今が御無事であればこの上、望みようがありません。登山はまた別の機会に挑戦しましょう」

砕けた英語と堅苦しい英語が通じ合う様もまた愛《いと》おしい。真紘も隣で笑いかけた。

「お大事にして下さい」

「ありがとう。アミアさん達」

退院手続きは済ませた。間もなく次の土地を案内する友人が迎えに来る。

真紘は通訳にも会釈をして、戸口へ踵《きびす》を返した。一歩目で振り向いたのは、宵が留《とど》まって四つ折りの紙を広げたからだ。

「ファティさん。このチェストを見た事はありますか？」

彼が行く先々で尋ねている定型文。

横長の木箱は蝶番《ちょうつがい》で蓋《ふた》が開閉するシンプルな構造で、真紘の祖父の実家にも似たようなチェストが受け継がれていた。オーク材はピューリタン革命以前によく使われていた木材で、ウォールナット材のチェストとは彫刻細工の流行《はや》りも時代を画する。

短い脚は底が擦り減っており、製作後に数年の使用感がある。対して、蝶番や彫刻の輪郭に劣化は見られず、丁重に保管されていたのではないかと推察された。

タレク・ファティが紙を見て、すぐに宵へ返す。

「私、石磨きしかやってないから分からない。アミアさんはこれを探してる？」

「持ってはいるのです」

宵が紙を折りたたんで、コートのポケットに仕舞った。

元は誰の持ち物で、何処から誰の手を経て雨宮骨董店に辿《たど》り着いたのだろうか。
箱の来歴《ルーツ》は未《いま》だお伽話《とぎばなし》の霧の中。

参考文献

『THE COMPLETE ENCYCLOPEDIA OF ANTIQUES』（HIDDE HALBERTSMA/Chartwell Books）

本書は書き下ろしです。
この作品はフィクションです。実在の人物、団体等とは一切関係ありません。

雨《あま》宮《みや》兄弟《きようだい》の骨董事件簿《アンティーク・ファイル》 2

高里《たかさと》椎奈《しいな》

令和5年 7月25日　初版発行

発行者●山下直久

発行●株式会社KADOKAWA
〒102-8177　東京都千代田区富士見2-13-3
電話　0570-002-301（ナビダイヤル）

角川文庫 23734

印刷所●株式会社暁印刷
製本所●本間製本株式会社

表紙画●和田三造

●お問い合わせ
https://www.kadokawa.co.jp/（「お問い合わせ」へお進みください）
※内容によっては、お答えできない場合があります。
※サポートは日本国内のみとさせていただきます。
※Japanese text only

ISBN 978-4-04-113679-9　C0193

角川文庫発刊に際して

角川源義

第二次世界大戦の敗北は、軍事力の敗北であった以上に、私たちの若い文化力の敗退であった。私たちの文化が戦争に対して如何に無力であり、単なるあだ花に過ぎなかったかを、私たちは身を以て体験し痛感した。西洋近代文化の摂取にとって、明治以後八十年の歳月は決して短かすぎたとは言えない。にもかかわらず、近代文化の伝統を確立し、自由な批判と柔軟な良識に富む文化層として自らを形成することに私たちは失敗して来た。そしてこれは、各層への文化の普及滲透を任務とする出版人の責任でもあった。

一九四五年以来、私たちは再び振出しに戻り、第一歩から踏み出すことを余儀なくされた。これは大きな不幸ではあるが、反面、これまでの混沌・未熟・歪曲の中にあった我が国の文化に秩序と確たる基礎を齎らすためには絶好の機会でもある。角川書店は、このような祖国の文化的危機にあたり、微力をも顧みず再建の礎石たるべき抱負と決意とをもって出発したが、ここに創立以来の念願を果すべく角川文庫を発刊する。これまで刊行されたあらゆる全集叢書文庫類の長所と短所とを検討し、古今東西の不朽の典籍を、良心的編集のもとに、廉価に、そして書架にふさわしい美本として、多くのひとびとに提供しようとする。しかし私たちは徒らに百科全書的な知識のジレッタントを作ることを目的とせず、あくまで祖国の文化に秩序と再建への道を示し、この文庫を角川書店の栄ある事業として、今後永久に継続発展せしめ、学芸と教養との殿堂として大成せんことを期したい。多くの読書子の愛情ある忠言と支持とによって、この希望と抱負とを完遂せしめられんことを願う。

一九四九年五月三日

雨宮兄弟の骨董事件簿《アンティーク・ファイル》

高里椎奈

訳アリ兄弟と世話焼き刑事の骨董ミステリ！

潮風香る港町、横浜の路地裏に佇むダークブラウンの小さな店、雨宮《あまみや》骨董店。才能豊かな若きディーラー・雨宮陽人《はると》が弟と共に切り盛りする店だ。しかしこの兄弟、生活能力に欠ける所があり、陽人の友人で刑事の本木匡士《ほんもくきょうじ》が面倒を見ている。ある日、匡士が店を訪れると、陽人が女子高校生二人組に依頼され、カメオの鑑定の真っ最中だった。陽人が買い取りを拒否し、二人は立ち去るが、直後、付近で高価なカメオの盗難事件が発生し……⁉

ISBN 978-4-04-112949-4

私立シードゥス学院
小さな紳士の名推理

高里椎奈

仲良しトリオの寄宿学校ミステリ！

選ばれし小紳士達が集う全寮制の学舎、私立シードゥス学院。13歳から17歳までの生徒が5つの寮に分かれ寝食を共にする。《青寮《カエルレウム》》1年生の仲良しトリオ、獅子王《ししおう》・弓削《ゆげ》・日《ひ》辻《つじ》は時に他寮の生徒や上級生と衝突しながらも穏やかな生活を送っていた。しかしある日、宿舎で教師の殺人未遂事件が起こる。上級生の証言により、獅子王に疑いがかけられ――？「何人たりとも、学院の平和を乱す者は許さない」優雅な寄宿学校ミステリ、開幕！

角川文庫のキャラクター文芸

ISBN 978-4-04-109871-4

ISBN 978-4-04-101264-2